KB239204

짧은 이야기 긴 사연

짧은 이야기 긴 사연

BREFS RÉCITS POUR UNE LONGUE HISTOIRE
by Roger Grenier

Copyright © ÉDITIONS GALLIMARD (Paris), 2012
Korean translation copyright © MUNHAKDONGNE Publishing Corp., 2013
All rights reserved.

This Korean edition was published by arrangement with
ÉDITIONS GALLIMARD (Paris) through Bestun Korea Agency Co., Seoul.

이 책의 한국어판 저작권은 베스툰 코리아 에이전시를 통해
프랑스 갈리마르 출판사와 독점 계약한 (주)문학동네에 있습니다.
저작권법에 의해 한국 내에서 보호를 받는 저작물이므로
무단 전재와 무단 복제를 금합니다.

이 도서의 국립중앙도서관 출판시도서목록(CIP)은
서지정보유통지원시스템 홈페이지(http://seoji.nl.go.kr)와
국가자료공동목록시스템(http://www.nl.go.kr/kolisnet)에서 이용하실 수 있습니다.
(CIP제어번호: CIP2013025363)

짧은 이야기 긴 사연

로제 그르니에 소설

김화영 옮김

Brefs
Récits
Pour
Une
Longue
Histoire

문학동네

차
례

Brefs
Récits
Pour
Une
Longue
Histoire

나는 나 자신에 대하여 삼인칭으로 말하고 싶다.

그편이 더 어울리니까.

A. O. 바르나부트

일러두기

- 프랑스 행정 단위인 Région, Département 등은 '레지옹' '데파르트망'으로 표기했다.
- 프랑스 거리 명칭인 Boulevard, Avenue, Rue 등은 '불바르' '아브뉘' '뤼'로 표기했다.

브로켄의 유령

베르나르 그라몽은 기상학자로 원래 브라질 근무를 신청했었다. 그런데 정작 임명받은 곳은 오베르뉴 레지옹의 퓌드돔 천문대였다.

그는 임지인 클레르몽페랑에 아는 사람이 아무도 없었다. 그곳으로 떠나려고 짐을 꾸리고 있으려니까 어떤 동료 한 사람이 그에게 사기 사촌 이야기를 했다. 비교적 호감형의 사내로 그곳의 국토개발청에 근무하고 있으니 다른 사람들을 사귈 수 있을 때까지 우선 자기가 소개했다고 말하고 그를 찾아가 만나보라고 했다. 그러면서 종이쪽에다가 주소를 휘갈겨 적어주었다. 그 사촌이라는 사람의 이름은 크리스토프 메리였다.

오베르뉴의 오래된 화산 꼭대기에 자리잡은 기상물리 연구소와 시내의 뤼 그레구아르드투르에 얻은 원룸 사이를 오가자면 필요할 것 같아서 베르나르 그라몽은 스쿠터를 한 대 구입했다. 이삼 주일이 지나자 그는 새로운 일자리에 익숙해지기 시작했고 매일 오가는 출근 코스에 재미까지 붙이게 되었다. 그는 얼음이 어는 날이 일 년 중 백사십 일이나 되는 그 산꼭대기의 바람과 구름과 추위와 도심의 온화한 기후 사이의 강렬한 대조를 매일같이 온몸으로 느끼며 왕래했다. 그 강렬한 대조가 그에게 불편하기는커녕 오히려 즐거움의 대상이었다. 그가 이곳에 도착한 때는 9월이었다. 과연 그 고장의 겨울은 어떨지 그는 자못 궁금해하며 기다렸다. 사람들의 말을 들어보면 날씨가 정반대로 바뀌는 경우도 종종 있다고 했다. 시내 한복판인 조드 광장에서는 얼음이 어는데 저기 산꼭대기에서는 날이 푸근하다는 것이었다.

몇 주의 적응기간이 지나고도 동료직원들이 별로 붙임성 있게 대해주지 않자, 아니 어쨌든 근무 시간 외에도 서로 만나며 친해지고 싶은 동료가 하나도 눈에 띄지 않자 그는 따분한 기분이 들기 시작했다. 가장 친한 동료라곤 스쿠터뿐이었다. 그는 크리스토프 메리에게 전화를 걸었다. 그 사람의 목소리는 부드러웠고 좀 느린 편이었다. 그가 어느 날 저녁 아페리티프나 한잔하자면

서 베르나르 그라몽을 초대했다. 크리스토프 메리는 대학 캠퍼
스와 르코크 공원 근처의 불바르 제르고비아에 위치한 현대식
건물의 4층에 살고 있었다. 거실을 거의 반이나 차지하고 있는
그랜드피아노 한 대 이외에는 집안에 특별히 눈에 띄는 것이 없
었다. 크리스토프 메리는 손님에게 아페리티프로 쉬즈 한 병을
내놓으며 캉탈산맥에서 캐온 용담속 식물의 뿌리로 빚은 것이라
고 설명했다. 평범한 일상사 얘기를 나누었을 뿐인데도 두 사람
은 서로 간에 어떤 호감 비슷한 것이 생겨나는 것을 느낄 수 있
었다. 아직 딱히 우정이라고 말할 수는 없겠지만 거의 우정에 가
까운 느낌이었다. 그라몽은 좀더 활달한 편이었고 메리는 차분
했다. 그들은 이렇다 할 이야깃거리는 없어도 그저 덤덤하게 마
주앉아 쉬즈를 홀짝거리다보니 편안한 느낌이 들었다.

그들이 그렇게 한 시간가량 앉아 있으려니까 문득 문 열리는
소리가 났다. 어떤 여자가 나타났다. 키가 크고 머리는 금발인데
기품이 있으면서도 어딘가 시든 인상이었다. 그 여자는 소파에
핸드백을 던지듯 내려놓았다. 베르나르 그라몽이 미처 자리에서
일어날 사이도 없이 크리스토프 메리가 그에게 말했다.

“내 아내 인그리드입니다.”

방문객이 의외라는 듯이 말했다.

"결혼했다는 말은 안 했잖아요."

"미처 그 말을 할 틈이 없었네요."

"반지를 끼지 않고 있어서요."

"손가락 관절증이 있거든요. 관절이 붓는 병 말이에요."

베르나르 그라몽은 그만 자리를 뜨려고 했다. 그저 아페리티프나 한잔하려고 찾아왔던 것뿐이었다. 여자의 눈에 불청객으로 보이지나 않을까 염려스러웠다. 그런데 그녀는 오히려 이 뜻밖의 방문을 반가워하는 눈치였다. 결국 그들은 셋이 함께 나가 같이 식사를 하기로 했다.

"식당은 아주 가까워요. 볼품은 없어도 음식은 아주 마음에 들 겁니다" 하고 메리가 말했다.

베르나르 그라몽은 미식가도 아니고 음식을 밝히는 편도 아니었지만 그 말을 대놓고 하지는 못했다. 사실 무얼 먹든 상관없었다.

하지만 저녁식사 자리는 유쾌했다. 크리스토프 메리는 말수가 적은 편이었으므로 대화가 끊겨 침묵이 계속되는 일이 없도록 그의 아내 쪽에서 신경을 썼다. 베르나르 그라몽도 가만히 입을 다물고만 있지는 않았다. 예컨대 그는 과학적 일화 한 가지를 화제에 올렸다. 퓌드돔 천문대와 관련된 것이었으므로 사실 최근

에야 알게 된 이야기였다.

"저기 산꼭대기에서는 아주 이상한 시각적 현상이 일어난다고 해요. 거기 사람들은 그걸 '브로켄의 유령'이라고 불러요."

"아니 그럼, 당신은 유령을 믿는 건가요?" 하고 인그리드가 말했다.

"아녜요, 브로켄은 독일 작센 지방에 있는 하르츠산맥의 제일 높은 봉우리 이름입니다. 사실 민간신앙에는 '발푸르기스의 밤'* 동안에 마녀들의 집회가 열리는 곳이 바로 거기라는 설이 있긴 하지요. 하지만 좀더 진지하게 설명하자면, 그 브로켄의 유령이란 건 그곳에서 처음으로 관찰된 매우 희귀한 자연현상입니다. 산의 독특한 지형적 환경 때문에 생기는 현상이죠. 퓌드돔도 바로 그런 경우에 해당되고요. 거기서는 해를 등지고 자기 앞에 뜬 구름을 바라보면 자신의 그림자가 구름 위에 투영됩니다. 그 그림자가 너무 먼 곳에 비춰진 게 아니라면, 안개 속에서 자기 자신의 실루엣을 식별할 수기 있지요. 그리고 때로는 기적처럼, 자

---

* 오래전부터 기독교 교회의 금지에도 불구하고 유럽에서 4월 30일과 5월 1일 사이의 밤에 발푸르기스 성인(710~779)을 기리기 위하여 여는 봄의 축제로 마녀들의 집회라고 알려져 있다. 이 축제 때는 나무를 심고 큰 불을 피워 겨울이 끝났음을 알린다.

신의 그림자가 총천연색 후광들에 싸인 모습으로 보이는 거예요. 아이고, 제가 너무 전문적인 얘기를 늘어놓았군요.”

인그리드가 그렇지 않다고 했다.

“저를 좀 데려가서 브로켄 유령을 보여주실 수 없을까요? 그 총천연색 유령 말예요.”

“아직 저도 보지 못한걸요.”

“저는 몸이 너무 말라서, 아마 안 보일 거예요.”

그 첫 저녁식사 자리가 끝나자 베르나르 그라몽은 자기가 계산을 하겠다고 우겼다. 메리 부부가 그럴 수는 없다고 대꾸했지만, 결국 정 그렇다면 가까운 시일 안에 자기들이 그 새로운 친구를 식사에 초대하겠노라고 말했다. 인그리드는 미리부터 자기는 요리 솜씨가 형편없다고 털어놓으면서 양해를 구했다.

세 사람은 이내 허물없는 사이가 되었다. 베르나르 그라몽은 메리 부부의 집에서 함께 저녁 시간을 보내는 중에 가끔씩 인그리드가 짓는 표정에 눈이 가곤 했다. 그녀는 종종 방심한 듯 멍하니 앉아 있는가 하면 갑자기 구조를 바라는 듯한 눈길을 보내는 것이었다. 누군가에게 뭔가를 호소하고 있는 것일까? 그에게? 그에게가 아니라면 대체 누구에게? 그러다가 그녀는 담배에 불을 붙여 물곤 했다.

얼마 후 기상학자는 거추장스러운 그랜드피아노가 왜 거기 있는지 까닭을 알게 되었다.

"우리를 맺어준 게 바로 저겁니다." 남편이 말했다. "우리는 둘 다 피아노를 쳤지요. 물론 아마추어 솜씨였죠. 이제 우리는 네 개의 손으로 피아노를 치며 아주 많이 즐기게 되었답니다."

이내 손님이 그 연주를 듣고 싶다고 말했다.

"절대 안 돼요." 인그리드가 잘라 말했다. "너무 사적인 거여서요."

베르나르 그라몽은 더이상 우기지 않았다. 하긴, 네 손으로 친다니…… 하고 속으로 생각했다.

저녁에 모여 앉으면 그들은 종종 브로켄의 유령 이야기를 꺼내곤 했다. 이야기가 궁해질 때면 등장하는 화제였다.

그라몽이 말했다. "어디선가 보니, 스탕달은 군사행정부의 임시 보조원으로 독일에 가 있을 때 브로켄에 올라간 적이 있다고 기록되어 있더군요. 1807년 7월이있던 것 같아요. 그러나 유령에 대해서는 언급하지 않고 있어요. 반면에 개를 한 마리 구했는데 이름을 브로켄이라 했지요."

어느 날 크리스토프 메리가 며칠 동안 캉탈 데파르트망으로 출장을 갔다. 베르나르는 인그리드를 찾아가지 않고는 배길 수가 없었다. 그리고 서로 헤어질 때가 되어 그럼 또 보자고 매번 인사를 하고, 또 순전히 의례적인 것이지만 서로의 뺨에 입을 맞추노라면 그는 금방이라도 무엇인가 돌이킬 수 없는 일이 일어날 것만 같아 마음이 조마조마해지는 것이었다.

여자가 문득 엉뚱한 아이디어를 생각해냈다. 자기를 퓌드돔 산꼭대기로 좀 데리고 가줬으면 좋겠다고 했다. 같이 가면 브로켄의 유령을 보게 될지도 모르지 않느냐는 것이었다. 그리고 그녀는 이렇게 덧붙였다.

"우리 두 사람의 그림자를, 총천연색으로 말예요."

그가 그녀를 데리러 왔다. 그녀는 벌써부터 바바리코트를 꺼내 입고 허리를 질끈 동여매고 있었다. 〈안개 낀 부두〉에 나오는 미셸 모르강 같았다. 그런데 그는 문득 그녀가 쓸 헬멧이 없다는 것을 깨달았다. 헬멧이 없으면 그녀를 스쿠터에 태울 수가 없는 것이었다. 그냥 태우고 나갔다가는 첫번째 네거리에서 당장 경찰한테 걸릴 게 뻔했다. 그녀가 눈물을 짜기 시작했다. 그는 그녀를 품에 안아주었다. 그리고 이어 그녀에게 키스를 퍼부어댔다. 돌이킬 수 없는 일이 일어나버렸다. 그녀는 헤어질 때 말했다.

"우리 두 사람은 아주 불행해질 거예요."

그는 그 말이 무슨 문학 서적의 인용이 아닐까 하고 혼자 생각했다. 어디서 읽은 것 같은 말이었다.

이렇게 하여 두 사람 사이에는 죄의식과 더불어 괴로운 비밀 관계가 시작되었다. 인그리드의 남편이 뭔가를 눈치챘을까? 그렇다는 증거는 어디에도 없었다. 세 사람의 식사와 저녁 모임은 평소와 다름없이 이어졌다. 크리스토프의 아내는 처음에 손님의 마음을 울렁거리게 했던 그 비탄 어린 시선을 더이상 던지지 않았다. 그녀는 좀 따분해하는 눈치였다. 때때로 그녀는 베르나르가 떠나기도 전에 일어나서 자기 방으로 들어가버리기도 했다.

이런 상황이 약 십팔 개월 정도 계속되었다. 애인들 사이의 관계는 아주 식은 것은 아니지만 좀 미지근해졌다. 평소와 다름없는 어느 날 저녁, 베르나르 그라몽은 산 위의 근무지에서 내려와 불바르 제르고비아에 스쿠터를 세웠다. 크리스토프 메리만 혼자 집에 있었다. 인그리드가 떠나버린 것이었다. 그는 예의 그 쉬즈 잔을 앞에 놓고, 찾아온 사람에게 사정을 설명했다. 평소와 마찬가지로 그는 시두르지 않고 침착하게 말했다. 애인이 생겼기 때문에 푸아티에로 가서 그 애인과 함께 살겠다면서 그녀가 가버렸다는 것이었다. 그리고 변함없이 침착한 표정으로 덧붙였다.

"새로 생긴 애인과 말예요."

베르나르 그라몽은 얼굴이 온통 벌겋게 달아오르는 것을 느꼈다. 얼굴을 붉히지 않으려면 대체 어떻게 해야 하는 것일까?

메리는 어조도 바꾸지 않은 채 평소와 다름없이 다소 느린 목소리로, 일부러 그랬는지 깜빡 잊었는지는 알 수 없으나, 인그리드가 떠나면서 자기 일기장을 남겨놓았더라고 한마디 더 보탰다.

"따라서, 물론 당신들 두 사람 사이에 있었던 일도, 심지어 아주 자세하게……"

베르나르는 이제 자기로서는 이쯤에서 자리를 뜨는 수밖에 달리 도리가 없겠구나 생각했다. 그러나 크리스토프는 그가 자기와 계속 친구해주었으면 좋겠다면서 앞으로도 계속 저녁이면 놀러와 함께 쉬즈를 마시길 기대한다고 말했다.

베르나르는 자기 앞에 놓인 잔을 오래도록 홀짝거렸다. 그리고 그보다 더 오래 뜸을 들이다가 물었다.

"눈치채고 있었나요?"

"간혹 그렇지 않나 하는 생각은 했지만…… 사실은 아녜요. 눈치챘다곤 할 수 없어요."

그들은 다시 옛 습관을 이어갔다. 고즈넉한 저녁나절들은 좀 따분하긴 해도 너무나 편안했다. 두 사내는 딱히 주고받을 말이 없는지라 그저 술을 마시고 담배를 피우면서 뭔가 생각에 잠긴 듯한 표정을 짓고 있었다. 하지만 사실 특별히 생각하는 것은 아무엇도 없었다. 그들은 절대로 인그리드를 입에 올리지 않았다. 사실 그녀의 이름을 피하는 그런 태도에는 좀 지나친 고의성이 없지 않았다.

그렇게 이 년이 흘러갔다. 평소와 다름없는 어느 날 저녁, 여느 때보다도 더 말을 우물거리며 크리스토프 메리가 입을 열었다.

"당신한테 할말이 있어요. (그들은 끝내 서로 말을 트지 못했다.) 내게 여자가 새로 생겼어요. 루이즈라고 해요. 우리 두 사람은 함께 살 생각이고 필시 결혼하게 될 거예요."

"잘됐네요" 하고 베르나르가 대답했다.

그러나 크리스토프 메리의 말은 다 끝난 것이 아니었다.

"난 그녀를 사랑해요. 그래서 지난번 아내와의 사이에 있었던 일이 또 생기는 걸 원치 않아요."

"당연하죠."

"내 말은, 당신하고 말예요."

"니히고요?"

"그래서 우리 둘 사이의 관계는 이제 그만둬야겠어요. 더이상 우리집에 오지 말았으면 좋겠어요. 정말 유감이에요. 하지만 이런 예방조치를 취할 수밖에 없어요."

베르나르 그라몽은 자리에서 일어났다. 그의 등뒤로 문을 닫기 전에 크리스토프 메리는 또 한마디를 덧붙였다.

"섭섭하게 생각지는 말아줘요."

사형수

그 노인에게는 여러 가지 추억들이 느닷없이 엄습하는 일이 점점 잦아졌다. 마치 시간이 딸꾹질이나 트림이라도 하듯, 잊고 있었던 온갖 영상들과 일화들이 까닭도 없이, 영문도 알 수 없게 현재 속으로 밀어닥치곤 했다. 과거의, 심지어 젊은 시절이나 어린 시절의 짧은 토막들을 갑자기, 새삼스럽게 다시 한번 겪게 되는 것이었다. 그렇지만 거기에는 근본적인 차이가 있었다. 그런 것들이 옛날에 이미 경험한 일이라는 사실 말이다. 그러니까 이제는 어느 것 하나 임의로 바꿀 수가 없는 것이다.

그런 일은 특히 잠 못 이루는 시간인 새벽 세시경에 일어났다. 그것도 기분 좋은 추억인 경우는 한 번도 없었다. 대체 무엇 때문에 그의 무의식은 알프스 산꼭대기 눈밭에서 지낸 어느 하루의 아름다운 정경은 되살려주지 않는 것일까? 너무나 아름다워 눈물이 날 지경이었던 연주회는? 아니면 사랑하는 여자와 함께 보낸 사랑의 순간은? 아니 그런 것까지는 아니라 해도, 하다못해 그 여자의 모습, 그녀의 인상, 두 눈, 미소만이라도?

고독을 탓해야 하는 것일까? 관료 생활을 하다가 은퇴한 그는 몇 년 전 아내와 사별한 후로는 이렇다 할 친구도 없는지라 외출하는 일이 거의 없었다. 집안 살림은 입을 꾹 닫고 사는 필리핀 여자가 맡고 있었다. 딸이 하나 있었지만 브라질 남자와 결혼하고서 미나스제라이스 주로 떠난 뒤 돌아오지 않았다. 그리고 일 년에 딱 한 번 새해 인사로 전화를 거는 것이 전부였다. 지금까지 그는 그런 식의 생활에 그런대로 적응하고 지냈다. 내가 원래 좀 사교성 없는 곰이니까, 하고 그는 속으로 생각했다. 때로는 그 점을 아쉽게 여겼고 또 때로는 다행이라고 생각했다. 그러나 대개는 그게 운명이려니 하고 받아들였다. 절대로 휴대폰을 가져본 적이 없다는 것이 그 한 예였다. 그는 심지어 자기 집에 자동응답기조차 두어본 적이 없었다.

그렇다면 그 추억들은, 망각으로부터 불쑥 솟아나는 그 불청객들은 대체 그에게 뭘 요구하는 것일까?

예를 들어, 열여섯 살 적에 그는 황금빛 털이 긴 커다란 사냥개를 놀이 친구로 가져본 적이 있었다. 그러나 되살아나는 추억은 개와 같이 공놀이를 하던 순간이 아니었다. 개가 그에게 몸을 찰싹 붙이고 엎드려 아양을 떨던 순간들도 아니었다. 그때 개는 무슨 생각에 잠긴 듯 다정한 눈을 하고 있었지. 추억은 그가 친구인 개를 데리고 들판으로 나가 자전거로 한 바퀴 돌고 오겠다는 그 불길한 발상을 했던 그날 일이었다. 15킬로미터는 좋이 되는 장거리 코스였다. 개는 그의 옆에서 껑충껑충 뛰면서 따라왔다. 어린아이들이 다 그렇듯 아무 생각 없이, 소년은 개가 당연히 따라올 수 있을 거라 여기며 혹시라도 목마르지는 않을까, 지칠 대로 지쳐 힘이 다 빠진 것은 아닐까 하는 생각은 전혀 해보지 않았다. 밤이 되어 개는 죽었다. 심장이 터져버린 것이었다.

이 기억이 되살아나는 것과 동시에 그의 지금 현재 생각은 이렇게 말하고 있었다. "개를 죽인 건 너야."

전쟁중에 그가 박봉의 말단 사무원으로 굶주림에 시달리며 근근이 살아가고 있을 때 친구 사이라고까지는 할 수 없는 동료 한 사람이 그에게 사실 자기는 유대인인데 매일같이 위험을 느끼면서 지내는 이 생활에도 이젠 질렸다, 그래서 스페인으로 넘어가기로 결심했다고 털어놓았다. 그리고 그 젊은이는 그에게 한 가지 청이 있다면서 집안 대대로 전해내려오는 금팔찌가 하나 있는데 자기 대신 그걸 좀 팔아줄 수 있겠느냐고 했다. 그걸 팔면 도피자금으로 쓸 수 있겠는데 자신은 신분이 신분인지라 감히 의심쩍은 보석상을 찾아갈 엄두가 나지 않는다는 것이었다. 고발당할 위험이 너무 컸다. 그는 그렇게 해주기로 했다. 마치 자기 물건인 양, 팔찌를 손목에 차고 조심스럽게 거래 상대들을 물색해보았다. 모험에 따르는 위험에서 오히려 그는 흥분을 맛보았다. 그는 가장 유리한 가격을 제시하는 상대를 택했다. 그러나 그 자신이 너무 가난해 모든 것이 다 부족한 형편인지라 받은 돈을 동료에게 남김없이 넘겨주지는 않았다. 그는 거짓말을 하고 얼마 안 되는 일부 금액을, 아주 적은 금액을 가로챘다. 동료가 어찌나 감격하며 고마워하는지 그는 견딜 수가 없었다.

이제 그는 이렇게 마음속으로 물어보는 것이었다. '그는 안전한 곳에 도착했을까? 스페인으로, 그러고 나서 영국으로 무사히 넘어갔을까? 안전하게, 아무 탈 없이 전쟁의 고난을 넘겼을까?' 해방이 되자 그는 도피한 동료가 모습을 나타내기를 기대했지만 헛일이었다. 혹시라도 그가 빼돌린, 아니 대놓고 말해서 훔친 그 얼마 안 되는 금액이 모자라서 그것 때문에 그가 파멸에 이른 것이라면?

마흔 살 무렵, 그는 어떤 젊은 여자와 부적절한 관계를 가진 적이 있었다. 갈색 머리에 키가 자그마하고 바싹 마른 체구의 앙리에트는 부드럽고 소심한 여자였다. 썩 예쁘지는 않았지만 매력이 있었다. 그들 두 사람의 관계는 그녀에게 행복보다 슬픔을 더 많이 가져다주는 것 같았다. 그녀는 자주 눈물을 흘렸다. "다 소용없는 일이에요. 당신은 절대로 내 남자가 되지 못할 거니까요." 그녀는 이렇게 말하곤 했다.

그날도 그는 퇴근 후 프레생제르베에 있는 그녀의 조그만 원룸으로 찾아가서 한 시간가량 그녀와 함께 지내다 올 예정이었다. 그러나 아침에 사무실로 출근한 그는 그에게 온 우편물 가운데서 편지 한 장을 발견했다. 앙리에트는 이제 더이상 참을 수가 없다, 그를 더이상 귀찮게 하고 싶지 않다고 했다.

"당신은 이 집에 오기만 하면 어쩔 수 없이 시계만 쳐다봐요. 이 집은 결코 우리집이 될 수가 없을 테지요. 하지만 괜찮아요. 나는 이곳을 영원히 떠나요."

그녀는 "우리 두 사람이 행복했던" 어떤 호텔에서 마지막 밤을 보낼 생각이라고 알리고 있었다. 그리고 그곳에서 그를 생각하면서, 그 자신도 잘 알고 있다시피 그녀가 언제나 느꼈던 사랑을 생각하면서, 그다음날 잠에서 깨어나지 않도록 필요한 조치를 취한 다음 잠이 들 것이라고 했다.

어떻게 해야 앙리에트가 그 불길한 계획을 실행에 옮기는 것을 막을 수 있을까? 그리고 무엇보다 먼저, 그들 두 사람이 행복했던 호텔이란 대체 어디일까? 파리 시내에 그런 호텔은 한두 군데가 아니었다. 몹시 흥분한 상태로 그는 기억 속을 더듬으면서 그런 호텔의 목록을 작성해보려고 애를 썼다. 그는 종이 한 장을 펼쳐놓고 그 위에 간신히 다섯 개의 호텔 이름을 추려낼 수 있었다. 그렇지만 오늘밤 안에 어떻게 파리 시내를 다 돌아본단 말인가? 그는 사실상 붙잡힌 몸이나 다름없으니, 자기 집에, 부부가 같이 사는 그 집에 머물러 있게 될 터였다. 경찰에 신고를 한다? 다시 말해서 그 무서운 공권력을 내밀한 사생활 속으로 불러들인다? 게다가 경찰은 오직 실제 행위와 관련된 일이 아닌 이상 단순히 마음속으로 작정한 일 때문에 나서지는 않는다는 것이 그의 생각이었다.

그날 그의 집 저녁 식탁에는 토마토 수프, 다진 파슬리를 곁들인 햄, 요구르트, 과일(오렌지 한 개) 등이 올랐다. 저녁식사를 마치고 나서 그는 텔레비전을 보면서 석간신문을 뒤적이고 있었다. 그러나 그는 신문에 쓰여 있거나 텔레비전 화면에 나타나는 내용을 이해할 수 없었다. 다음에는 잠자리에 들어야 했다. 옆에 누운 아내는 그가 머릿속으로, 내일이면 파리의 어느 호텔에서 방을 치우던 룸메이드가 죽어 있는 한 여자를 발견하게 되겠지 하는 따위의 생각을 하고 있다는 건 짐작도 하지 못했다. 그렇지만 앙리에트는 어쩌면 자기 계획을 포기하지 않았을까? 그럴까? 아닐까?

그후 그녀의 소식은 아무것도 듣지 못했다. 결론은 명백한 것이었다.

잠 못 이루는 시간에 앙리에트의 모습이 불쑥 떠오를 때면 그는 그 기억을 지우고자 맞불을 놓으려 애를 썼다. 그러나 매번 다른 여자들의 모습은 그의 기억에서 빠져나가버리는 것이었다. 심지어 이름까지도. 어떤 입의 윤곽, 어깨의 곡선, 내밀한 몸짓, 자세와 음탕한 말 같은 것들을 되살려보려고 무진 애를 썼지만 헛일이었다. 그는 음악의 힘을 빌리려는 생각도 해보았다. 그녀와 함께…… 하지만 그 여자의 이름이 뭐였지? 그토록 빛나는 금발에 그토록 창백했던 그녀와 그는 슈만의 〈사육제〉를 들었다. '클라라'라는 곡에 이르면 그녀의 회색빛 눈동자는 항상 눈물에 젖어 희미해지곤 했었다. 그런 순간들, 그리고 그가 그토록 사랑했던 그 여자에 대한 기억을 되살려보기 위하여 그는 '클라라'를 듣고 또 들었다. 그의 마음속에 유별난 자리를 차지했던 그 곡을 다시 들으니 그 옛날의 감흥이 되살아났다. 그러니까, 아주 조금 말이다. 그렇지만 그 여자는? 그에게 가장 소중했었던 것이 영영 사라져버리고 없단 말인가?

그와 반대로 개나 금팔찌나 앙리에트, 그리고 그가 과거에 경험한, 마찬가지로 수상한 그 밖의 다른 순간들은 이제 노인의 기억 속에 무시로 나타나는 것이었다. 마치 그를 조롱하려는 듯이.

얼마간의 시간이 지나자 그는 그런 일들을 새로운 방식으로 받아들이기 시작했다. 처음에는 그것이 오랫동안 잠잠해 있다가 간단없이 그를 공격해오는 나쁜 추억들에 불과하다고 여겼다. 그러다가 그 나쁜 추억들은 회한으로 변했다. 그리고 종국에는 그 회한들이 구체적이고 맹렬한 고발로 탈바꿈했다. 그의 마음 속에 법정이 하나 세워졌다. 그는 검사이고 판사인 동시에 피고였다. 그렇지만 변호사는 없었다.

각각의 추억에 대하여 검사는 극형을 요구했다. 재판이 끝나면 판사는 그 구형에 호응하여 사형을 선고했다.

노인은 언제나 자살에 반대했다. 아니 그보다 그는 자살을 어떤 정신병 때문에 생기는 결과라고 간주했다. 오랫동안 진행되어온 것일 수도 있고 한순간의 착란일 수도 있지만 어쨌든 그것은 어디까지나 정신이상에서 생기는 것이라고 말이다. 그는 그런 불쌍한 사람들을 가엾게 여겼다. 단 한순간도 그는 자신이 그런 식으로 끝장을 보리라는 생각은 해본 적이 없었다. 그런 행동은 자신에 대한 통제력 상실을 증명하는 것이니 말이다. 그래서 앙리에트를 떠올리며 느끼게 되는, 그녀를 구해내지 못했다는 회한에는 그녀가 저지른 행동에 대한 어떤 멸시의 감정 같은 것이 섞여 있었다. 그러니 자살 욕구 같은 건 있을 수 없는 일이었다. 그러나 그의 마음속에 틀어앉은 재판관이 그를 사형에 처한 것은 전혀 다른 문제였다.

그는 자신이 판사이며 동시에 피고였다. 이제 다음 차례의 행동으로 넘어가야 했다. 그는 사형집행관이자 사형수가 될 것이었다. 그는 그 생각을 마음속으로 굴리고 또 굴렸다. 그리고 그 생각은 마침내 결정적인 것으로 변했다. 법률 용어를 빌려 말하자면, 상소 불가였다. 어느 날 아침, 그는 막 커피를 준비해놓고 토스터에 빵을 구운 다음 결심했다. 오늘이다.

그는 타르틴* 두 쪽에 오렌지 마멀레이드를 발랐다. 어린 시절에 그는 한 가지 생각을 굳힌 바 있었다. 그 생각은 한시도 머리를 떠나지 않았다. 잼의 세계에서는 오렌지 마멀레이드야말로

---

* 프랑스에서 아침식사 때 흔히 먹는 빵조각. 그 빵조각에 버터나 잼 혹은 다른 음식들을 바르거나 얹어 먹는다.

가장 고상하고 품위 있고 귀족적이라는 생각 말이다. 아마도 그의 집에서 아무도 그것을 먹지 않았기 때문일 것이다. 마찬가지로 그의 죽은 아내도 절대로 그걸 사는 법이 없었다. 아침식사를 마쳤을 때 병 안에는 그 황금빛 귀한 잼이 삼분의 일 정도 남아 있었다. 그는 한숨을 내쉬었다. 컵과 스푼과 나이프를 씻고 마멀레이드를 선반 위 제자리에 올려놓았다. 그의 손이 허공에 잠시 머물며 작별인사의 시늉을 했다. 이윽고 그는 거사에 착수했다.

그는 끝장을 내는 흔한 방식들에 대하여 깊이 생각해보았다. 가스는, 구식에다 위험했다. 건물 전체를 통째로 날려버릴 수도 있는 일이었다. 약은, 실패하지 않는다는 절대적 확신을 가질 수가 없다. 권총의 총구를 입에 넣는 것은? 별로 구미가 당기지 않는다. 창문으로 투신하는 건? 지나가는 행인의 머리 위로 떨어져서 한꺼번에 두 사람이 죽을 위험이 있다. 센 강에 몸을 던진다? 해수욕도 별로 좋아하지 않는 터인데 하물며! 남은 것은 목을 매는 방법뿐이다. 한편으론 자기 집 헛간의 대들보에 목매단 채 발견되는 촌뜨기 농부들이나 늙은 알코올중독자들을 연상시키는 방법이다. 그러나 목매다는 것은 또한 영국적인 일면이 있다. 목매다는 쪽을 택하기로 한다. 소 브리티시! 오렌지 마멀레이드처럼!

그는 이미 이중 커튼의 타이백 끈을 자세히 살펴봐두었다. 그래도 다시 한번 더 점검해보았다. 튼튼했다. 그는 창문 앞에 놓여 있는 테이블을 벽 쪽으로 밀었다. 테이블 다리 밑에 끼인 양탄자 때문에 미는 일이 쉽지 않았다. 다음으로 그는 테이블 위로 올라가기 위해 의자를 준비했다. 그러나 우선 의자 위로 올라가는 것 자체가 엄청나게 힘들었다. 한 발을 먼저 올려놓았지만 반동을 이용하여 방바닥에서 다른 쪽 발을 마저 떼어 똑바로 올라서는 일이 녹록지 않았다. 나이 때문에 그토록 골탕을 먹으리라곤 미처 생각하지 못했다. 드디어 등받이를 붙잡고 버둥거린 끝에 의자 위에 올라서는 데 성공했다. 거기서 테이블 위로 올라가는 것은 거의 거저먹기라고 해도 좋을 정도였다. 그러나 균형을 유지하기가 어려웠다. 몸의 균형 또한 늙어가면서 차츰 잃게 되는 능력 중 하나였다. 그렇지만 커튼 끈을 알맞은 위치에서 잘라 내려면 발끝을 딛고 키를 높이지 않으면 안 되었다. 자칫하다가는 그대로 곤두박질칠 판이었다. 그렇게 간신히 딛고 서 있으려니까 발아래 거리의 모습이 전혀 달라 보였다. 인도가 평소보다 더 좁아 보였다. 맞은편 건물들에 난 창문들이 더 바싹 붙어 있는 것처럼 보이기도 했다. 그러나 언제나와 마찬가지로 따분했다. 볼만한 흥밋거리는 아무것도 없었다. 밤이 되면 이쪽 혹은 저쪽 창문에 불이 켜졌다가 꺼졌다. 어쩌다가 어떤 실루엣이 흐릿하게 보일 때도 있었다. 그러나 그뿐이었다. 얼마나 따분한 거리인가! 그는 테이블에서 내려오기 위해 네 발로 엉금엉금 기다가 나중에는 아예 배를 찰싹 붙이고 몸을 밀었다. 땅바닥으로 내려오자 그는 끈으로 올가미 줄을 만들었다. 자, 이제 이걸 어디에다 매달면 좋을까? 방은 너무 좁은데다가 침대가 방안을 거의 다 차지하고 있었다. 욕실은 말할 것도 없었다. 욕조와 세면대와 비데 사이로 간신히 지나갈 수 있을 정도였다. 부엌이라야 그저 이름뿐, 그냥 싱크대 하나가 전부였다. 거실밖에 없었다. 줄을 맬 수 있는 유일한 곳은 천장 가까이로 지나가는 중앙난방 파이프뿐이었다. 그러나 그 지점도 벽에서 너무 가까워 만족스럽지 않았다. 목매단 사람, 그러니까 그 자신이 칸막이벽에 딱 붙은 채 매달려 있을 가능성이 컸다. 보통 목을 맨 사람은 방 한가운데 덜렁덜렁 매달려 있는 법이다.

그는 다시 테이블을 밀고 의자를 그 가까이로 당겨놓은 다음 또다시 앞서와 같은 곡예를 시작했다. 몇 번씩이나 되풀이하여 애를 썼지만 줄을 난방 파이프에 걸칠 수가 없었다. 그는 다시 내려와 장롱 저 깊숙한 곳을 더듬어 바이올린 케이스를 꺼냈다. 그는 젊은 시절에 바이올린을 배웠었다. 그러나 그만 사고를 치고 말았다. 믿기지 않는 일이지만 실수로 바이올린을 밟아서 납작하게 만들어놓은 것이었다. 그는 새 바이올린을 다시 사지 않았다. 그리고 음악 공부를 포기했다. 이제 그는 바이올린 케이스를 연장통으로 쓰고 있었다. 나사못, 못, 걸쇠 따위들 속에 굵직한 하켄이 하나 남아 있을 것 같았다. 그 못은 돌려 박지 않고 쐐기처럼 망치로 두들겨 박는 것이었다. 잃어버리고 없는 줄 알았는데 전에 송진을 넣어두던 작은 칸 뚜껑을 열어보니 그 속에 들어 있었다. 잘 살펴보니 이럴 때 쓰기에 좋을 것 같았다. 제발 벽이 너무 단단하거나 너무 푸석푸석하지만 않았으면! 그는 펜치와 망치를 꺼내들었다. 바이올린 케이스를 닫고 있자니 한 가지 새로운 자책감이 머릿속에서 고개를 들었다. 바이올린을 망가뜨렸으니 그 또한 죄가 아닌가? 그는 자신도 모르게 이렇게 대답하고 있었다. "내가 일부러 그런 건 아니잖아." 그러자 횡설수설이 시작되고 있구나 싶은 느낌이 들었다.

방안에 장식이라곤 오직 한 점의 그림, 어떤 인상파 화가가 그린 개양귀비 밭 그림의 복제화뿐이었다. 그는 그 그림을 떼어냈다. 그리고 테이블과 의자를 옮겨놓고 세번째로 그 힘겨운 등반을 시도했다. 그림을 지탱하고 있던 작은 고리못을 펜치로 뽑아내고 그 자리에 굵은 하켄을 망치로 때려 박았다. 페인트칠이 주위로 마구 튀었다. 그러나 이제 그런 손상쯤이야 상관없는 일이었다. 그는 줄을 걸어 맸다. 설치는 단단하게 된 것 같았다. 몽포콩 교수대*는 못 되지만 그 정도면 쓸 만했다.

그는 테이블을 제자리로 밀었다. 양탄자가 청소용 마포처럼 한쪽 구석으로 밀려 처박혔지만 신경쓰지 않았다. 그리고 의자를 밧줄 밑의 알맞은 자리에 갖다놓았다.

나중에 누가 그를 발견하게 될지 의문이었다. 아마도 틀림없이 가엾은 그 필리핀 여자겠지. 그 여자한테는 몹쓸 짓이었다. 그는 수중에 남아 있던 돈을 지폐는 물론 심지어 동전까지도 봉투에 담아 그녀에게 보상하는 뜻으로 남겨놓았다.

힘겹게 오르내리느라 얼이 빠지고 두 다리가 뻐근해진 그는 잠시 쉬기 위해 안락의자에 주저앉았다. 그의 부모님 때부터 쓰던 가구였다. 다시 말해서 어지간히도 오래된 물건이었다! 흐릿한 회색 천은 닳아 해졌다. 그 안락의자는 바로 그의 개가 가장 좋아하던 자리였다는 사실이 갑자기 기억났다. 그의 개 블랙이 한쪽 팔걸이 위에 머리를 얹고 엎드려 있던 모습이 눈에 선했다. 그 순진한 개는 그의 죄의식의 가장 중요한 주제였다. 그는 자신이 이베트 길베르의 옛 노래를 흥얼거리고 있다는 것을 알아차

* 17세기 중엽까지 왕명에 의하여 형을 집행하던 최대 규모의 교수대로, 파리 북동쪽 언덕에 세워져 있었다.

렸다.

　　한 젊은이가 이제 막 목을 맸다네
　　생제르맹 숲속에서……

또 그놈의 무의식이 그를 가지고 논 것이다. 취미하곤!

때가 되었다. 너무 오래 미적거렸다간 안락의자에 주저앉아 잠이 들 수도 있다는 것을 그 자신 잘 알고 있었다. 끝에 매듭을 지어놓은 올가미 줄이 그에게 말을 하는 것만 같았다. "뭣 때문에 꾸물대는 거야?" 줄은 개양귀비 꽃들이 있던 자리를 대신 차지했다. 지난날 전쟁터에서는 병사들이 총을 맞고 개양귀비 꽃밭에 쓰러지면서 그들의 붉은 피와 꼭두서니빛 바지가 붉디붉은 꽃빛에 뒤섞이곤 했었다. 그림이 없어지고 나니 방안의 쓸쓸함이 한결 더 두드러졌다. 자질구레한 장식품이라곤 거의 없었다. 선반 위 대여섯 권의 책들 옆에 그저 몇 가지가 놓여 있을 뿐이었다. 그를 과거와 이어주기에는 정말 보잘것없는 물건들이었다. 그중 가장 두툼한 책은 『파리의 비밀』*로 삽화를 곁들인 초

---

* 외젠 쉬가 1842년 6월 19일부터 1843년 10월 15일까지 〈주르날 데 데바〉에 연재하여 큰 인기를 끌었던 대하소설.

판 당시의 판본이었다. 그는 오래전부터 그 책을 이따금씩 다시 읽곤 했다. 로돌프, 플뢰르드마리, '사람을 단도로 찔러 죽이는 자'……

그런데 그는 지금 날이 저물기를 기다리는 것인가? 아니었다. 그건 아무 의미도 없는 짓이었다. 그럼 다음 새벽이 오기를? 사형집행은 항상 새벽에 이루어졌다. 그러나 필시 잠을 이루지 못한 채 불안 속에서 하룻밤을 더 기다려야 할 테니 그건 있을 수 없는 일이었다.

그는 자리에서 일어났다. 나이를 먹으니 아주 조금 움직이는 것도 너무나 힘에 부쳤다! 넥타이를 풀었다. 작고 노란 무늬가 찍힌 푸른색 넥타이였다. 그리고 셔츠의 첫번째 단추를 풀었다. 갑자기 뭔가를 잊었다는 생각이 났다. 그는 정식 사형집행을 원했다. 최후의 순간을 맞이하기 직전, 담배 한 대와 럼주 한 잔이라는 의식을 거치는 것이 도리다. 그는 담배를 피우지 않으니 첫번째 의식은 필요 없겠다는 생각이었다. 그리고 집에는 럼주가 없었다. 그랑 마르니에 병 밑바닥에 겨우 몇 방울 남은 것이 전부였다. 그의 아내가 전에 크레이프를 만들 때 사용하던 것이었다. 그러나 그로서는 전혀 구미가 당기지 않을 뿐 아니라 이미 알코올 기가 다 빠졌을 것이었다. 그러므로 그는 담배도 럼주도 없이 넘어갈 생각이었다.

때가 되었다. 그는 의자를 제자리에 바로 놓았다. 그리고 네번째로 아주 힘겹게, 간신히 의자 위로 올라섰다. 줄은 적당한 높이에 위치해 있었다. 그는 올가미를 목에 걸었다.

다시 얼마 동안 그의 정신이 작동하고 있었다. 심지어 어떤 새로운 반성의 단초가 그의 머릿속에 제시되었다. 사실들은 사실 그대로였지만 새로운 각도로 나타났다. 그의 재판에 지금까지 보이지 않던 변호사가 모습을 드러냈다. 중죄 재판에서는 당연히 변호사가 검사 다음에 변론을 한다. 검증된 기술에 따라 그는 의혹을 제기한다. 사형선고라니 이게 대체 무슨 소리란 말인가? 얼토당토않은 헛소리요 상상이 만들어낸 착란이 아니고 무엇인가? 필시 심장병에 걸린, 그래서 어차피 곧 죽게 되었을 늙은 개 한 마리 때문에 사형을? 전쟁에서 살아 돌아와서는 그를 까맣게 잊어버린 배은망덕한 친구 한 사람 때문에? 옛날에 한 시간을 함께 보냈던 어떤 호텔에 숨어서, 혹은 숨은 시늉을 하면서 그에게 겁을 주려들었던 어떤 멍청한 여자 때문에? 앙큼한 것 같으니라고! 그는 문제가 된 죄목마다 과소평가했다. 법률 용어를 빌려 말하자면, 정상참작이 요구된다고 해석했다.

노인은 자기가 꾸며대는 이 모든 이야기들이 혹시나 죽고 싶다는 욕구를 위장하는 한 방식이 아닐까, 자살에 좀 그럴듯한 가면을 씌우기 위한 한 방식이 아닐까 하는 의문을 품기 시작했다. 그래, 그거였어! 하마터면 자살의 함정에 빠질 뻔했어! 그는 줄을 느슨하게 풀어 머리 위로 빼내려고 했다. 그런데 바로 그때 현관에서 초인종 소리가 났다. 그토록 여러 날 동안 누구 하나 찾아오는 사람이 없었는데 하필이면 이때! 갑작스레 몸을 움직이는 바람에 그는 그만 균형을 잃었고 발밑에서 의자가 넘어졌다. 그는 잠시 동안 턱이 올가미에 걸린 상태로 매달려 있었다. 입속에서 틀니가 삐딱하게 돌아가 끼이면서 숨통을 조였다. 그는 빠져나오려고 두 손으로 줄에 매달렸다. 있는 힘을 다해서 애를 쓴 결과 그는 마침내 성공하여 뒤로 나동그라졌다. 그의 머리가 라디에이터에 부딪쳤다. 그는 방바닥에 넘어진 채 꼼짝도 못했다. 목뼈가 부러졌는지도 몰라, 하고 그는 혼자 생각했다. 다시 초인종 소리가 집요하게 울리기 시작했다. 의식이 흐릿했다. 기껏해야 살아날 것인지 죽게 될 것인지에 대해 의문을 품을 수 있을 만큼의 의식이었다.

찾아왔던 사람들이 돌아서서 계단으로 접어들었다. 위층으로 올라가고 있었다. 그들은 내세를 믿으라고 말하기 위해 가가호호 방문중인 두 사람의 여호와의 증인이었다.

마티농

올리비에 마르키는 별로 똑똑한 젊은이가 아니었다. 그는 첫 바칼로레아 시험에 합격하지 못했다. 합격할 가망이 없으니 재수를 해봐야 소용없는 일이었다. 다행으로 그는 자신의 취미에 맞는 일을 얻었다. 포르트 디탈리* 근처 불바르 마세나에 있는 어떤 상점의 심부름꾼 겸 자전거 수리공 자리였다. 전쟁으로 파리가 점령된 이 어두운 시질에는 하는 일 없이 놀고 지내지 않는 것이 상책이었다. 놀고 있다가는 그 즉시 정부에서 잡아다가 독일 어느 공장으로 보내어 강제노동을 시키기 십상이었다. 올리

---

* la porte d'Italie. 파리의 시문市門 중 하나이다.

비에는 때로 작업장에서 이것저것 부속품을 끼워 맞추기도 했고 부러진 바퀴살을 바꿔 끼우거나 체인을 조이거나 변속장치를 조절하거나 너무 닳아서 구멍난 튜브를 땜질하기도 했다. 또 때로는 심부름을 나가기도 했다. 파리 시내 이곳저곳으로, 혹은 교외로 돌아다니며 부품들을 구해오는 심부름이었다. 물론 자전거를 타고 말이다. 그는 13구의 뤼 드 크룰바르브에 있는 아파트에서 그 건물 관리 일을 하면서 사는 부모님과 함께 지내고 있었다. 그는 아파트 마당의 헛간을 개조하여 자기 방으로 쓰고 있었다. 그는 친구도 없었고 여자친구는 더더욱 없었다. 과연 여자친구를 가질 만한 머리라도 있는 것인지 의문이었다. 그는 저녁이면 얌전하게 집으로 돌아와서 자기의 외딴 방 옆 차양 밑 거치대에 자전거를 매어놓았다.

이따금, 키가 작고 빼빼 말랐지만 머리는 커다랗고 앞이마가 벗어진 사십대 사내 하나도 자전거를 끌고 그곳으로 오곤 했다. 그럴 때면 남을 돕기를 좋아해서였는지 아니면 경계심이 생겨서 그랬는지 그 자신도 잘 알 수 없지만, 올리비에는 관리인실이나 자기 방에 있다가 나와서 그가 자전거를 자기 자전거 바로 옆자리에 비끄러매는 것을 도와주었다. 그들은 거의 말을 섞는 경우가 없었다. 젊은이는 언제나 자기의 속마음을 말로 표현하는 데

서툴렀고 사내는 신중하여 말수가 적었다. 사내는 빨려들듯 이내 계단으로 향했고 자신이 거처하는 아파트 꼭대기 방으로 올라가버렸다. 그러나 그가 저녁마다 집으로 돌아오는 것은 아니었다. 올리비에는 그의 이름을 알지 못했다. 천성적으로 호기심이 많지 않은 그에게까지도 사내는 불가사의한 인물이라는 인상을 주었다. 건물 관리 일을 하는 그의 부모들이라고 해서 그에 대해서 더 많이 아는 것은 아니었다. 키 작은 사내에게는 우편물도 오는 것이 없었다. 그는 누군가가 자기에게 빌려준 방을 쓰고 있을 뿐이라고 했다. 그 누군가 역시 다른 사람이 세낸 방을 다시 세낸 전차인이었다.

몇 주일이 지나면서 그 두 자전거꾼은 어정쩡하게나마 대화를 트게 되었다. 올리비에는 그 이웃사람에게 자전거 뒷바퀴 바람이 좀 빠진 것 같다고 귀띔해주었다. 그리고 자기 방에 들어가 바람 넣는 펌프를 꺼내왔다. 얼마 뒤, 그러니까 1944년 6월 6일, 연합군이 노르망디 해안으로 상륙했다는 소식이 들리자 올리비에는 처음으로 목소리를 높이며 흥분한 기색을 드러냈다. 그러자 상대방은 그에게 목소리를 낮추라면서 조심해야 한다, 적이 아직도 저기 버티고 있다, 마지막 순간까지 그 적은 위험한 존재다, 라고 일러주었다. 그때부터 그들은 서로 마주치기만 하면 진

군해오는 아군, 임박한 해방에 대한 이야기를 나누곤 했다.

"아마 그렇게 임박한 건 아닐 거예요. 아직 우리에겐 해야 할 일이 많으니까요."

"우리라고요?"

키 작은 남자는 더이상 말하지 않았다.

6월이 가고 7월이 지났다. 8월 초의 어느 날 그 이웃사람은 저녁나절에 돌아왔다. 그는 자전거를 매지 않고 마당에 가만 서 있었다. 어쩌면 나를 기다리는 것일지도 몰라, 하고 아직 부모님과 함께 식사중이었던 올리비에는 혼자 생각했다. 그가 밖으로 나왔다.

키 작은 사내가 말했다.

"뭐 좀 부탁할 게 있어요. 좀 민감한 일이긴 하지만 당신은 믿어도 될 것 같아서요."

키 작은 사내가 사정을 설명했다. 그는 바로 이곳저곳을 돌아다니는 올리비에의 직업 때문에 그를 염두에 두게 되었다고 했다. 자신에게 연락책이 따로 있긴 하지만 사태가 급박하게 돌아가므로 원군이 필요하게 되었다, 그러니 올리비에 당신이 파리 시내를 이리저리 돌아다니며 일을 보는 기회에 몇 가지 전갈을 좀 전달해줄 수 있을지 알고 싶다, 뭐 그런 이야기였다. 위험 부담은 없었다. 아니, 거의 없었다. 그가 사람을 직접 만날 필요는 없을 터였다. 그저 그가 일러주는 주소지에 봉투만 전달하면 되는 일이었다.

상대방의 넓은 이마를 물끄러미 바라보며 올리비에가 말했다.

"그러니까, 당신은 뭔가 중요한 분이시군요."

"그 비슷해요, 구태여 말하자면. 단 한 가지, 어떤 것도 글자로 쓰면 안 돼요. 표시도 안 돼요. 주소는 언제나 머리로 외워야 해요."

키 작은 사내는 안심이 안 되는 눈치였다.

"너 기억력 좋아?"

그가 말을 놓기 시작했다. 기억력이라…… 고등학교에 다닐 때 올리비에는 뭘 암송하는 것이라면 언제나 깜깜이었다. 『르 시드』에 나오는 극시 몇 마디도 외우지 못했다.

"전쟁 전에는 축구 경기 스코어를 줄줄 외웠었지요. 그리고 특히 '두르 드 프랑스' 자전거 경기 선수들…… 앙드레 르뒥, 앙토냉 마뉴, 뉘볼라리, 스페셰르……"

"뉘볼라리는 자동차 경기 선수인데."

"미안해요, 라페비라고 해야 되는 걸 가지고. 하지만 자동차 경기 선수들도 알아요, 에탕슬랭, 시롱, 시키……"

“바틀링 시키는 권투 선수잖아.”

“내 말은 그러니까 바르지를……”

젊은이는 조엘을—결국 그의 이름을 알게 되었는데 아마도 전시에 사용하는 가명일 터였다—위해서 몇 가지 임무를 완수했다. 많지는 않았다. 며칠 지나지 않아 파리가 해방되었기 때문이다.

8월 19일, 파리 시민들이 봉기했다. 여러 곳에서 시가전이 벌어지고 있었으므로 출근하여 일을 한다는 것은 생각도 할 수 없는 일이었다. 올리비에는 아무 일도 하지 않고 집에 머물면서 막연하게 조엘을 기다렸다. 그의 기대는 헛되지 않았다. 어느 날 저녁, 그 키 작은 사내가 돌아왔다. 올리비에는 마당으로 뛰쳐나가 그를 맞았다.

“여기 머물러 있을 시간이 없어. 너한테 몇 가지 지시할 게 있어서 잠깐 들렀을 뿐이야. 우리 부대는 오텔 마티뇽*을 탈환 점령하라는 명령을 받았어. 거사 예정 시간은 내일 아침, 이른 새벽이야. 오늘 저녁에 시킬 일은 없어. 내일 아침나절에 우리한테로 와서 합류해.”

---

* hôtel Matignon. 파리 센 강 좌안에 있는 프랑스 수상 집무실 겸 관저를 가리킨다.

“잠이 잘 오지 않겠는데요.”

“물론 무기가 아무것도 없겠지?”

“없어요.”

“너한테도 하나 구해줄게.”

올리비에를 잔뜩 흥분시킨 이 한마디를 끝으로 키 작은 사내는 자전거를 타고 가버렸다.

과연 그날 밤, 젊은이는 아무리 해도 잠을 이룰 수가 없었다. 그러나 다음날 아침 소스라쳐 깨어보니 벌써 여덟시였다. 그는 깨끗한 흰색 셔츠를 꺼내 입었다. 그는 관리인실로 건너가 커피 대용 음료수 한 잔을 목구멍에 털어넣고 비스킷 한 개를 씹었다. 그의 어머니가 걱정했다. 온 사방에서 총을 쏴대고 있는데 외출이라니! 그는 급한 용무가 있다고 말했다. 정말이지 화급을 요하는 일이라고, 조심할 테니 걱정하지 말라고 했다. 그리고 마침내 출발했다! 목적지 마티뇽!

이 젊은 자전거꾼은 아브뉘 데 고블랭으로 가서 뤼 클로드베르나르를 왼쪽에 두고 뤼 몽주로 접어들어 모베르까지 갔다. 그러나 거기에서부터 문제가 복잡해졌다. 독일군이 불바르 생제르맹에서 오토바이, 사이드카, 심지어 전차까지 동원하여 순찰을 돌고 있었다. 그는 틈을 엿보다가 대로를 건너 센 강에 이르렀다. 총소리가 들렸다. 그는 강변로를 따라 불바르 생미셸까지 갔다. 대로에 쳐진 바리케이드가 보였다. 다리를 건너서 샤틀레로 가야 할까? 그는 퐁뇌프까지 계속 강변로를 따라가기로 했다. 맞은편에서 독일군이 오토바이를 타고 달려왔다. 뒷좌석에 앉은 병사는 기관총을 들고 있었다. 그들이 아주 이상한 눈초리로 쳐다보는 바람에 그는 몹시 겁이 났다. 그는 다리로 접어들었다. 다리 위에 세워진 말 탄 앙리 4세 동상이 마치 수호신 같았다. 그는 마침내 센 강 우안에 이르렀다. 뤼 드 리볼리에 이르기까지 그는 사마리텐 백화점이 그늘을 드리운 골목을 냅다 달렸다. 또다시 나타난 큰길은 위험해 보였다. 좁은 골목들을 이용하는 것이 더 나을 것 같았다. 그는 레 알 시장 골목으로 파고들어갔다. 죽은 듯 고요했다. 뤼 뒤 루브르가 나오자, 그 길을 가로질러 빅투아르 광장으로 갔다. 거기서는 루이 14세 동상이 위엄 있는 모습으로 그를 기다리고 있다가 명령하는 듯 손가락으로 그가 해야 할 일을 가리켜 보였다. 올리비에는 뤼 데 프티상으로 접어들었다. 정말이지 최적의 코스를 찾아낸 것 같아 흐뭇했다. 나치 군대가 여기까지는 오지 않았다. 그 구역에는 거의 인적이 없었다. 그러나 아브뉘 드 로페라를 건너지르는 일은 만만치 않았다. 하지만 그 뒤의 뤼 생로크는 또다시 조용했다. 상황을 살핀 다음 그는 뤼 생토노레로 접어들었다. 방돔 광장과 뤼 드 라 페(라 페, 평화의 거리라니 어처구니없는 아이러니로군!) 쪽으로 꺾어 도는 것은 아무래도 신중한 선택이 아닌 것 같았다. 그는 뤼 뒤포 쪽을 택했다. 그렇지만 콩코르드 광장과 샹젤리제를 어떻게 피해간담? 그는 마들렌 뒤쪽, 쉬렌, 캉바세레스, 그리고 이름이 잘 생각나지 않는 그런 골목들을 요리조리 돌아가기로 했다.

그가 뤼 드 팡티에브르를 따라 올라가다가 어떤 다른 길과 만나는 지점에서 왼쪽을 보니 '아브뉘 마티뇽'이라는 표지판이 보였다. 제대로 찾아온 것이었다. 스스로 생각해도 대견했다. 시계를 보니 아홉시가 조금 지난 시간이었다.

조엘은 약간 과장된 어조로 말했었다. "우린 오텔 마티뇽을 점령하라는 명령을 받았어." 그런데 대체 그 호텔은 어디에 있는 것일까? 그는 올리비에에게 번지를 말해주지 않았었다.

올리비에는 페달을 밟으며 길을 따라 천천히 내려갔다. 생전 처음 와보는 실이었나. 길 끝에 이르니 샹젤리제였다. 그러나 호텔은 없었다.

그는 길을 거슬러올라갔다가 다시 내려왔다. 매번 뤼 뒤 포부르생토노레를 건너질렀다. 전쟁이 일어나기 전, 그의 부모님은 축제날이면 큰맘 먹고 생토노레 케이크*를 식탁에 올리곤 했다.

그래서 올리비에에게 그것은 사치의 상징이었다. 샹티이 크림, 캐러멜을 넣은 동그란 빵들…… 드디어 그는 호텔을 찾아냈다. 정확하게 마티뇽 호텔은 아니고 엘리제마티뇽 호텔이었다. 게다가 그 건물은 아브뉘 마티뇽이 아니라 뤼 드 퐁티외 초입에 있었다. 조엘이 좀더 정확하게 미리 말해주었더라면 좋았을 것을!

그는 페달에서 발을 떼고 내려서서 자전거를 나무 주위 철책에 묶었다. 그리고 건물 안으로 들어갔다. 홀은 텅 비어 있고 조용했다. 문지기 한 사람이 나타났다.

"조엘을 만나러 왔는데요."

"조엘 누구요?"

"조엘요. 우리 대장입니다."

문지기는 무슨 말인지 알아듣지 못했고 호텔은 여전히 조용하기만 했다. 물론, 관광객들이 몰려오는 그런 날은 아니었으니까.

"제가 어쩌면 잘못 안 것인지도 모르지요. 하지만 조엘이 분명 마티뇽 호텔이라고 했는데요."

올리비에는 밖으로 나와서 자전거를 풀었다. 그리고 자전거를 그냥 끌면서 다시 아브뉘 마티뇽을 훑어내려갔다. 아무것도 찾

---

* 빵 굽는 사람들의 수호신인 생토노레의 이름을 딴 케이크.

을 수 없었다. 조엘과 그의 동지들에게 안 좋은 일이 생긴 거였다. 그 생각에 몸에 소름이 돋았다. 그렇게 믿고 싶지 않았다. 다시 같은 길을 따라 가며 살펴보았다. 그러다가 길이가 한 30미터 정도 되는 조그만 사도私道를 발견했다. 처음에 지나갈 때는 보지 못했던 골목이었다. 그 안쪽에 보잘것없는 3층 건물이 하나 서 있고 '뫼블레 호텔'*이라는 간판이 붙어 있었다. 그는 골목 안으로 들어갔다가 자전거를 비끄러맬 곳이 있는지 살펴보느라 길가 쪽으로 다시 나왔다. 골목길로 다시 걸어들어가는데, 호텔에서 독일 병사 하나가 나오는 것이 보였다. 그자는 무슨 바쁜 일이 있는지 거의 올리비에를 칠 듯이 바람을 내면서 옆으로 지나갔다. 바로 그때 오십대로 보이는 어떤 뚱뚱한 여자가 문턱에 나타났다. 올리비에가 그녀에게 말했다.

"아까 그 독일사람 봤어요?"

"위험한 사람 아녜요. 사무직이지요. 늘 오는 사람이고. 뭐 그러니까…… 그런데 젊은이는 무슨 일로 오셨나요?"

"조엘을 만나려고요."

"조엘요?"

---

* 정규 호텔과 달리 다양한 목적의 장기 투숙자들과 계약하는 서민 호텔 혹은 주거 형태의 일종.

"우리 대장이에요. 우리 대원들과 함께 호텔을 점령하게 되어 있어요."

"호텔을 점령해요?"

의아해진 뚱뚱한 여자는 딱 부러진 어조로 말했다.

"이리 좀 와봐요, 젊은이, 무슨 말을 하는지 통 알 수가 없네. 좀 자세히 말해봐요."

그는 뚱뚱한 여자를 따라갔다. 접수계 바로 뒤쪽에 있는 조그만 응접실로 안내되었다. 그녀가 사라지고 그 혼자 남았다. 그녀가 누군가를 부르는 소리가 들렸다. "샤를로트!" 그러고는 아무 대답이 없자 이번에는 "아르멜!" 하고 불렀다. 올리비에는 소파에 앉았다. 벽에는 어떤 그림의 복제화가 붙어 있었다. 옛날식 제복을 입은 젊은 남자가 정원에 서 있고 젊은 여자가 창가에 서 있는 그림이었다. 로미오와 줄리엣인가? 흑백 복제화도 두 장 걸려 있었다. 몽생미셸 풍경 한 점, 그리고 다른 쪽 벽에는 〈르 물랭 드 라 갈레트〉. 고흐가 그린 풍차가 아니라 날갯짓하는 것처럼 돌아가는 오래된 풍차가 있는 뷔트 언덕 풍경이었다. 뚱뚱한 여자가 다시 나타났고 이어 실내복 가운 차림의 여자, 그리고 마찬가지로 실내복 가운 차림인 또 한 여자가 따라 나왔다. 그중 한 여자가 중얼댔다.

"지금 몇신지 알기나 알고 자는 사람을 깨우는 거야? 무슨 일이야?"

그 여자들이 경계하는 눈초리, 아니 거의 적의에 찬 눈초리로 올리비에를 째려보았다. 그는 다시, 조엘과 자기 부대원들을 만나러 왔다고 설명했다.

두 여자 중 조금 전에 투덜거리던 여자가 말했다. "딱 알겠네." 여자는 붉은 머리였는데 눈화장이 덜 지워져 마스카라가 흉하게 번져 있었다. "당신 피피*네. 우리 털 밀어버리려고 온 거야. 피피들은 불쌍한 여자들 잡아다가 털을 밀어버린다고 하던데."

그 여자는 실내용 가운을 여며 드러난 허벅지를 가렸다. 퍽이나 풍만한 허벅지였다.

이번에는 올리비에가 자기는 무슨 말인지 도무지 모르겠지만 어쨌든 그런 게 아니라고, 절대로 그런 게 아니라고 말했다. 그가 아는 한, 아무도 그녀들에게 나쁜 감정을 가지고 있지 않다, 아마 이번에도 잘못 찾아온 것 같다, 고 했다. 그는 약간 어색한 웃음을 지어 보였다.

"그럼 이만 가보겠어요."

---

* 제2차세계대전 당시 프랑스 국내에서 독일 점령군을 상대로 무장투쟁을 벌인 군사 조직.

"너 때문에 겁먹었었잖아!" 하고 두번째 여자, 샤를로트인지 아르멜인지, 하여간 가짜 금발 여자가 말했다.

붉은 머리 여자가 뚱뚱한 여자에게 말했다.

"너 보기에도 좀 어려 보이지 않아?"

그리고 이번에는 직접 올리비에를 향해 내뱉었다.

"너 몇 살이니?"

"열여덟 살인데요."

세 여자가 서로를 쳐다보더니 다시 젊은이를 빤히 보며 눈짓을 주고받았다. 꽤 긴 시간 동안 그들은 뭔가 깊이 생각해보는 눈치였다. 붉은 머리 여자가 중얼댔다.

"니들 보기에 혹시 이애 아직……?"

그리고 직접 어린 친구를 향해 말했다.

"맘에 들게 생겼어. 계집애들이 좋아하겠는데? 사귀는 여자친구 있니?"

올리비에는 머리를 오른쪽에서 왼쪽으로, 왼쪽에서 오른쪽으로 도리질했다.

"없어? 이런 일이 있나! 너 그럼 혹시 아직……?"

올리비에는 미처 끝맺지 않은 그 질문의 뜻을 확실히 알아들을 수가 없었다. 그가 어깨를 으쓱했다. 붉은 머리 여자가 고함

치듯이 말했다.

“어머, 정말 그런가봐! 틀림없어!”

아르멜과 샤를로트는 서로 다투기 시작했다. 가짜 금발 여자가 붉은 머리 여자에게 뭔가를 청했다. 아니, 거의 애원하는 눈치였다.

“그거한테 걸리면 재수가 좋대. 요즘 어찌나 재수없는 일이 많은지 원! 그러니 액땜도 할 겸 말이야!”

이렇게 두 여자가 다투는 동안 뚱뚱한 여자는 중립을 지키고 있었다. 어느 한순간 그저 이렇게만 말했다. “둘이 잘 알아서 해……” 붉은 머리 여자가 결국은 양보했다. 가짜 금발이 올리비에의 손을 잡고 그를 안락의자에서 일으켜세우더니 위층으로 끌고 올라갔다.

이렇게 하여 올리비에는 총각 딱지를 뗐다. 자신의 개인사에 있어서 그는 언제나 오텔 마티뇽이 해방되던 그 순간을 똑똑히 기억했디.

첼리스트

"번개가 번쩍…… 그리고 어둠."
보들레르

레오 루파크는 음악가였다. 중키에 살이 찌기 시작했고 희끗한 콧수염이 수북하게 자란 그의 실루엣, 특히 큼직한 짐을 진 듯 푸른색 천을 입힌 케이스에 첼로를 담아 등에 지고 지나가는 그의 모습은 카르티에 드 로페라와 뤼 라파예트에서는 익숙해진 터였다. 그곳은 그가 몸담아 살면서 개인 교습을 하는 구역이 있다. 그러나 그의 주 수입원은 불바르 디 이탈리앵에 있는 맥주홀의 오케스트라였다. 악단은 모두 여덟 명의 연주자들로 구성되어 있었다. 지휘자 그레고리는 얼굴이 거의 말상에 가까울 정도로 길쭉한 이였는데, 열정적으로 지휘를 할 때면 긴 갈기 같은 백발을 미친듯이 휘저어대곤 했다. 오케스트라는 매일 저녁 여섯시에서 자정까지 연주를 했다. 다만 문을 닫는 월요일만 예외였다.

자정이 되면 곡조가 서서히 잦아들면서 마지막 악절이 나른해 졌다. 밤늦은 시간 손님들의 신명을 북돋울 때가 이미 지났으니 말이다. 지휘자 그레고리의 흰 갈기 머리가 목 뒷덜미 위로 얌전하게 내려앉았다. 단원들 각자는 유일한 반려인 악기를 둘러메고 각기 제 갈 길로 떠났다. 그 악사들 사이에 우정 같은 건 있지 않았다. 그들 각자는 단돈 몇 푼이라도 더 벌 수만 있다면 당장이라도 오케스트라를 떠나 다른 곳에서 자신의 재능을 팔 준비가 되어 있었다. 레오 루파크의 첼로와 활은 푸른색 케이스에 담겨 도보로 귀가하는 주인의 등에 업혔다. 그는 뤼 노트르담드로레트에 있는 신식도 구식도 아닌 아파트 5층에 혼자 살고 있었다. 그랑 불바르를 출발하여 뤼 뒤 엘더 혹은 뤼 라피트를 지나 끝없이 뻗은 뤼 라파예트의 낯익은 한 블록만 걸어올라가면 되었다.

어쩌다가 기분이 내키면 판에 박힌 코스를 벗어날 때도 있었다. 그는 우회하는 길을 택했다. 그러나 오페라 광장 쪽으로 지나는 것은 피했다. 팔레 가르니에 건물을 보기만 하면 그곳의 명망 높은 오케스트라에 입단하지 못했다는 생각에 가슴이 약간

저릿해지는 것이었다. 그렇지만 그도 한때 음악원 수상 경력이
있었다.

솔직히 말해서 그의 발걸음은 오히려 다른 코스 쪽을 더 선호
했다. 무엇보다도 그는 뤼 드 프로방스로 올라가는 편을 좋아했
다. 그쪽으로 가면 호감이 느껴지는 건물들 앞에 아가씨들이 서
성거리고 있었다. 그럴 때면 그는 1830년대에 벌써 그 동네가 그
이름부터 '로레트'*라고 불리는 아가씨들로 유명했었다는 사실
을 생각하게 되었다. 때로는 아주 돈이 많은 남자들의 정부가 되
어 얹혀사는 여자들 말이다. 당시의 로레트들은 사회계층으로
볼 때 오늘날 길거리에 나서 서성대며 손님을 낚는 저 불쌍한 여
자들보다는 분명 급이 높은 여자들이었다.

레오 루파크는 외톨이었다. 왕래하는 형제자매도 먼 사촌도
없었다. 결혼도 하지 않았다. 그는 자기 자신이 소심하고 음울한
사내라는 걸 알고 있었다. 그는 한 번도 사랑에 빠져본 적이 없
었나. 혹시 그 비슷한 것이 있었다면, 고향 알지스에서 청소년
시절에 멀찍이서 혼자 느꼈던 연정이 전부였다. 그러나 그것도

---

* 파리 9구 카르티에 드 라 쇼세당탱(구 카르티에 브레다)에 있는 노트르담드로
레트 성당에서 유래한 명칭. 19세기 초 루이필리프 시대에 '로레트'들은 대개 이
구역에 살았다.

금방 흐지부지 끝나버렸다. 그는 예술가로서의 자신의 삶이 주는 환멸을 어떤 여자로 하여금 나누어 갖게 만드는 자신의 모습을 상상할 수가 없었다. 아니, 그보다 더 이기적인 차원에서, 자신이 맛보는 실망에다가 어떤 반려자의 얼굴이 되비쳐 보이는 실망의 반영을 덧보태는 것이 두려웠다고 해야 옳을 것이다. 내심 깊은 곳에서도 그는 결코 그 어느 누구에게든 감히 자신의 환멸에 대한 속내를 털어놓지는 못했을 것이다. 그는 아마도 클라라 슈만을 보고 사랑에 빠진 북쪽 함부르크 출신 사내 요하네스 브람스, 그러나 무엇보다도 사창가를 드나드는 브람스와 자신을 비교하곤 했을 것이다. 브람스와 그는 저 젊은 니체 같은 인물들은 아니라고 그는 생각했다. 쾰른에서 그 철학자 겸 음악가는 어느 레스토랑에 들어간다는 것이 그만 어떤 살롱으로 들어서는 바람에 속살이 드러난 짧은 옷차림의 여러 여성들에게 에워싸이고 말았다. 당황한 나머지 어쩔 줄을 모르게 된 그는 문득 '그 모임 가운데서 유일하게 영혼을 가진 존재'인 한 대의 피아노를 발견하고 그쪽으로 달려가서 몇 개의 화음을 쾅쾅 두드려댄 다음 도망쳐버린다. 이 첼리스트에게는 그 일화가 아주 재미있었다. 그렇지만 그의 진정한 독일 친구라면 그건 다름아닌 브람스였다. 혼자 집에 있을 때면 그는 자주 〈첼로와 피아노를 위한 소나타 E단조)를 연주하곤 했다. 물론 피아노 없이 말이다. 그 곡이야말로 그가 애호하는 개인적 찬가였다.

오래전부터 아가씨들은 그를 주목했다. 이따금 그들은 그를 놀려대곤 했다. "저 작자는 등에 뭘 짊어지고 다니는 거야? 시첸가?" 간혹, 아주 자주는 아니지만, 그는 그들의 고객이 되어주었다. 때는 바야흐로 매독은 정복되었는데 에이즈는 아직 등장하지 않은 그 행복한 시절이었다. 그리고 인간 가축들은 아시아나 아프리카 출신이 아니라 분명 이 나라 암컷들이었다. 필시 대다수가 몽파르나스 역에 내린 지 얼마 안 되는 브르타뉴 출신 아가씨들일 터였다.

혹시 아가씨들 뒤에 포주들이 붙어 있는 것은 아닐까? 음악가는 이런 의문이 생겼다. 그렇지만 동네에서 '기둥서방'이라곤 그림자 하나 본 적이 없었다. 그렇다고 아가씨들에게 물어볼 엄두는 나지 않았다. 요컨대 그는 이따금씩 재정상태가 허락할 때면 안심하고 소소한 쾌락을 맛보면서 절박한 욕구를 채울 수 있었다. 그는 이 방면의 관습에는 이미 이력이 나 있었다. 즉 호텔 방값을 지불하고, 대개는 불편하기 짝이 없는 계단을 올라가, 일단 방안에 들어가면 첼로를 한구석에 조심조심 내려놓고 나서, 합의된 금액을 건네고 거기에 아가씨들의 말처럼 '작은 선물'로 약간의 액수를 추가하면 되는 것이었다. 한 번의 가격은 마치 두 가지 시세가 서로 연동이라도 하는 것처럼 대체로 훌륭한 한 끼 식사 가격에 해당했다. 이윽고 아가씨와 너나들이로 몇 마디 다정한 말을 주고받게 되는데, 거기까지야 누워 떡 먹기, 그러고 나면 그 만만치 않은 파트너를 상대하고 다시 계단을 내려온다.

그 거리에는 젊은 여자들과 그보다 좀 덜 젊은 여자들, 예쁜 여자들과 그보다 좀 덜 예쁜 여자들이 있었다. 혹시 그날 저녁 맥주홀에 찾아온 손님들 중에 미모나 태도에 있어서 그의 마음을 사로잡은 여자가 있기라도 하면 그는 그녀의 얼굴, 옆모습, 몸짓, 웃음 등을 눈여겨보아두었다가 길거리에서 마주치는 대상과 비교해보려고 애를 썼다. 하지만 성격이 소심한 그는 제일 나은 대상, 즉 그 자신이 오늘밤의 여왕들이라고 규정한 아가씨들을 택할 용기는 내지 못했다. 그는 똑바로 쳐다보지도 못한 채 우연을 가장하면서 그런 여자들 앞을 지나고 또 지나는 것이었다. 욕을 먹거나 조롱당하지나 않을까 두려워서였다. 마침내 그는 그중에서도 가장 평범해 보이는 여자를 하나 붙잡는다. 그렇지 않고 그날 밤의 여왕을 보고 느낀 흥분이 극에 달한 나머지 그만 못한 아가씨들은 도저히 선택할 수 없는 지경에 이르게 되면 그는 무거운 발걸음을 옮겨 집으로 돌아와버렸다. 그럴 때면 첼로는 돌덩이가 든 짐처럼 천근만근이었다. 케이스의 끈이 어깨를 톱으로 써는 듯했다.

그는 내심 깊은 곳에서 일어나는 그런 충동적인 기분에 속아 넘어가지 않았다. 그래서 그는 자신을 비웃었다.

아주 드문 경우이긴 하지만, 어떤 아가씨를 따라가기로 마음을 정했다가 아주 예외적인, 혹은 불안하기 짝이 없는 경험과 맞닥뜨리는 때도 있었다. 어느 날이었는데 그는 어떤 활발하고 웃음기 가득한 키 큰 아가씨가 대놓고 그의 손을 꽉 붙잡는 바람에 하는 수 없이 이끌려가게 되었다. 싸구려 여관 문간에서 요금을 치르느라 일시 정지, 옹색한 계단, 그리고 방문이 닫히면 조그만 선물, 여기까지는 모든 것이 그간의 관례대로 진행되었다. 그런데 여자가 막상 옷을 벗으니 그 속엔 아무것도, 정말 아무것도 남은 것이 없었다. 그야말로 피골상접이었다! 그런데도 아무 상관 없다는 듯 여자는 일종의 춤판을 벌이기 시작했다. "어서 이리 오라니까! 옷 안 벗고 뭐해!" 그가 간신히 대답했다. "내가 왜 이러는지 모르겠네. 오늘 저녁엔 영 상태가 안 좋아서 말이야." 그런데도 그녀는 끈질기게 요구했다. 그러자 문득 그의 머릿속에서 카미유 생상스의 〈죽음의 무도〉 첫 소절이 반향하듯 울렸다.

어느 여름날 저녁, 거리에 사람이 거의 보이지 않았다. 바캉스가 이제 막 시작된 때였다. 그는 키가 크고 몸매가 좋은 어떤 여자와 같이 올라갔다. 호감이 가는 얼굴이었다. 그녀는 그에게, 이게 파리에서 보내는 마지막 저녁이라고 말했다. 자기는 늘 남프랑스의 항구도시 세트에 가서 여름을 보낸다는 것이었다. 어떤 바에서 일자리를 마련해주기 때문에 거기서 더 많은 고객을 접할 수 있다고 했다. 낮 동안에는 해변 모래사장에 나가서 즐길 생각이었다. 침대가에 등을 돌리고 앉아 있는 그녀는 그에게 여자를 첼로로 둔갑시킨 만 레이의 유명한 사진을 생각나게 했다. 양어깨, 등, 허리, 엉덩이, 허벅지의 곡선이 바로 그의 악기를 닮은 것이었다. 그들은 천천히, 그녀의 말처럼 "나른하게" 관계를 나누기 시작했다. 그러다가 갑자기 그녀가 열을 올렸다. "조금만 참아, 나도 이번에는 정말……" 그러나 그는 더이상 참을 수가 없었다. 얼마나 귀한 기회를 놓친 것인가! 갈보에게 쾌락을 맛보이고자 하는 저 오랜 광란의 꿈을 달성할 그 귀한 기회를 말이다!

악사들은 할당된 연주 시간이 끝나면 악기를 챙겨넣고 악보를 접었다. 악보가 무슨 소용이람? 하고 첼리스트는 속으로 생각했다. 매일 똑같은 곡을 연주하다보니 악보는 죄다 외우고 있었다. 그는 때때로 스스로에게 겁을 주려는 듯 상상해보곤 했다. 어쩌면 그는 베네치아에서 일하는 악사들 중 한 사람이 되었을 수도 있었다. 일생 동안 그날그날의 관광객들을 위하여 비발디의 〈사계〉만 연주하는 악사들 말이다. 오로지 〈사계〉만을! 매일같이, 일평생 줄곧! 악사들은 보면대를 정리하고 탈의실로 가서 옷을 갈아입었다. 그들은 무대에서 연주할 때면 언제나 붉은색 나사羅紗 소재의 재킷을 입었고(여름철에는 소매가 짧은 조끼를 입었지만 그 역시 붉은색이었다), 언제나 흰색 보타이를 맸다. 악장 그레고리는 언제나 붉은색 새틴 소재의 프록코트를 입고 스스로를 차별화했는데, 그가 어느 날 저녁 악사들에게 도무지 활기가 없다느니, 열성이 보이지 않는다느니, 딴생각을 하며 연주하는 태도가 영 마음에 들지 않는다느니 하며 나무라기 시작했다. 그러면서 주인이 그 사실을 알아채고 지적하기를, 바로 경쟁업체인 이웃 음식점에서는 얼마 전부터 여성 악사들, 그것도 집시 악사들을 데려다가 연주를 시켜서 큰 인기를 끌고 있다는 것이었다. 지금이야말로 분발해야 할 때였다. 루파크는 개인적으로 질책을 들어 마땅했다.

"레오, 자넨 첼로를 안고 자고 있어. 첼로와 함께 금방 코라도 골 것만 같은 거야. 그리고 그 코밑수염은 좀 깎는 게 좋겠어. 그걸 기르고 있으니 늙어 보인단 말이야."

악장 그레고리는 화를 내거나 음악이 포르티시모에 이르러 두 팔을 크게 흔들어댈 때면 사팔뜨기가 되기 시작해 각진 얼굴이 완전히 코믹해졌다.

악사들은 소리 없이 맥주홀을 떠났고 남자 종업원들은 벌써 의자와 테이블을 정돈하기 시작했다. 루파크는 평소보다도 더 발걸음이 무거웠다. 악장 그레고리의 나무람에 마음이 확 상해버린 그는 곧장 집으로 돌아가고 싶지 않아졌다. 그래서 거의 자신도 모르게 익숙한 홍등가 쪽 우회 코스로 접어들었다.

뤼 드 프로방스와 라 시테 당탱이 마주치는 모퉁이에서 그는 금발의 앳된 여자 하나가 슬픈 표정으로 서 있는 것을 보았다. 처음 보는 얼굴이라는 생각이 들었다. 그는 그녀 앞을 지나 한 10여 미터를 걸었다. 길거리에 버티고 서 있는 여자들을, 하나씩의 묶음으로 보아 약 네 묶음 정도 훑어보고 지나왔다 싶어지자 그는 왔던 길을 다시 되짚어 돌아갔다. 앳된 금발 여자는 그 자리에 여전히 서 있었다. 그는 여자에게 다가갔다. 그들은 함께 라 시테 당탱으로 접어들었다. 뤼 라파예트로 이어졌다가 다시 굽어져 뤼 드 프로방스로 되돌아오는 사도私道였다. 그녀가 자기 손님들을 데리고 가는 호텔이 그 거리에 있었던 것이다. 그녀는 단 한순간도 정답고 친절하지 않게 대하는 법이 없었다. 그러나 가장 놀라울 정도로 마음에 드는 것은 몸 파는 대다수의 여자들과는 달리 그녀가 입술을 거절하지 않는다는 사실이었다. 그가 입을 내밀었다. 입술 위에는 덥수룩한 콧수염이 덮여 있었다. 악장 그레고리의 말로는 늙어 보이게 한다는 콧수염이었다. 그런데도 그녀는 그의 키스를 받아주었다. 마치 그가 그녀의 진짜 애인이라도 된다는 듯 그의 키스에 응답해준 것이었다.

이튿날 그는 늦게야 잠이 깼다. 제일 먼저 생각난 것은 바로 그 마음씨 좋은 금발이었다. 그리고 한참 지나서야 악장 그레고리의 매정한 잔소리가 기억났다. 그는 저녁에 맥주홀에서 퇴근하면서 또다시 그녀를 찾아가봐야겠다고 마음먹었다. 그러나 그날은 월요일이고 맥주홀이 문을 닫는 날이라는 사실을 깨달았다.

그날 오후에는 두 건의 개인 교습이 예정되어 있었다. 뤼 카데에서 한 건, 뤼 드 샤토됭에서 다른 한 건. 그는 저녁에 집으로 돌아와 오믈렛과 완두콩 통조림으로 저녁식사를 했다. 다른 날 저녁에는 쉬는 시간에 주점측에서 악사들에게 가벼운 식사 대접을 했다. 그리고 그는 뤼 라파예트에 있는 영화관으로 갔다. 알리다 발리가 나오는 비스콘티의 영화 〈센소〉를 상영한다는 포스터가 붙어 있었다. 베네치아 오페라하우스인 '라 페니체'의 화려한 조명 속에 영화가 시작되자 그는 특히 안톤 브루크너가 음악을 담당했다는 점을 주목했다. 그는 스토리를 따라가려고 애쓰지 않았다. 그에게 있어서는 음악이야말로 감정과 감동의 원동력이었다. 되풀이되는 주제로 되살아나는 음악은 매번 그에게 그 전날 밤 앳된 여자와의 추억을 되살려주었다. 영화가 끝나면 즉시 그녀를 찾아가봐야겠다고 마음먹었다. 그는 크게 실망했다. 그곳 어디에도 그녀가 보이지 않는 것이었다. 어쩌면 그녀 역시 월요일에는 쉬는 것인지도 몰랐다.

화요일에 다시 출근해서도 저녁나절 줄곧 딴생각을 하면서, 아니 오직 한 가지 생각만 하면서 연주했다. 그가 급히 맥주홀을 떠나려고 하는데 색소폰 연주자인 동료 도날드 앙젤이 그에게 상젤리제에 있는 어떤 댄스홀에 같이 가자고 청했다.

"그냥 가서 한잔하자는 것만이 아냐. 일거리를 얻게 될지도 몰라서 그래. 지금 협상중이거든. 자네도 지겹지, 저 그레고리가?"

도날드 앙젤은 그가 거절하는 것을 보고 몹시 놀랐다. 그가 약속이 있다면서 서둘러 사라졌으니 말이다.

"자네 정말 이상하군." 그가 말했다.

발걸음을 재촉하면서 그는 자신이 이상한지 자문해보았다. 그러나 그 질문은 그보다 훨씬 더 불안한 또다른 의문 때문에 싹 지워져버렸다. 그녀가 그곳에 보이지 않았던 것이다. 그는 그 옆의 다른 길들과 동네 전체를 다 뒤져보았다. 그가 같은 장소를 지나가고 또 지나가는 것을 보고 마침내 거리에 나와 서 있던 아가씨들이 들썩거릴 지경에 이르렀다. 몇몇 아가씨들은 겁을 집어먹었다. 쑥덕거리는 소리가 그의 귀에도 들렸다. 그녀들의 입에서 색정광이라는 말이 튀어나왔다. 이번에는 그의 쪽에서 아가씨들이 두려웠다. 그녀들은 어쩌면 그가 어떤 여자를 죽이겠다고 찾아다니는 살인범이라고 여기는지도 몰랐다. 그는 집으로 돌아왔다.

그 아가씨가 일하는 시간대를 바꿨는지도 모른다. 그렇다면 어떻게 해야 그녀를 만날 수 있을까? 그는 악장 그레고리에게 아프다고 미리 알려두기로 마음먹었다. 기관지염에 걸렸다고 말해야겠다고 생각하다가 좀더 신뢰성 있게 하려면 너무 흔하지 않은 병명이 더 낫겠다 싶어 마음을 고쳐먹었다. 류머티즘쯤이 좋을 것 같았다. 도무지 손가락을 움직일 수가 없고 게다가 등이 어찌나 아픈지 일종의 요통 같다고. 내친김에 좌골신경통, 심지어 심한 척추 디스크에까지 나가볼 수도 있었다. 아니, 아니지, 더이상 자세하게 말하지 말고 그냥 등이 아프다고 하는 정도로 충분할 것 같았다.

이리하여 그는 그 앳된 여자를 오후 지나 초저녁까지도 열심히 찾아다녔지만 허사였다. 소심한 성격에도 불구하고 그는 여러 아가씨들에게 물어보았다. 그러나 그가 묘사하는 아가씨가 대체 누구인지 그들은 통 짐작을 해내질 못했다. 그는 그 여자의 이름조차 알지 못하는 형편이었다. 여자들이 겁을 먹지 않도록 그는 아가씨들에게 이렇게 말하곤 했다. "알다시피 난 평소에 이 앞으로 첼로를 메고 지나다니곤 했잖아요. 그렇지만 오늘은 쉬는 날이거든요."

이튿날은 비가 내렸다. 대부분의 아가씨들은 길거리에 나와서 호객하는 것을 포기했다. 그는 오늘 저녁에 그 여자를 만나게 될 것 같지는 않다는 생각을 했다. 이틀 연거푸 비가 왔다. 그는 다시 수색에 나설 수 있게 되었지만 더 나은 수확은 없었다. 망설이고 망설이던 끝에 그는 그녀가 자신을 데리고 갔던 라 시테 당탱의 호텔로 들어갔다. 그는 말을 떠듬거렸고 호텔 여주인은 투덜거렸다. 내가 여길 드나드는 사람이 누군지 자세히 쳐다보기라도 한단 말예요? 금발 아가씨라니 대체 어느 금발 아가씨 말인가요? 아뇨, 난 모르겠네요. 어떤 커플이 들어섰다. 그는 실례했다고 인사하고 자리를 뜨는 수밖에 달리 도리가 없었다.

그는 모든 희망을 잃었다. 그렇긴 하지만 어느 날 저녁 마지막으로 딱 하룻밤만 즐기기로 했다. 그런데 바로 그날 밤 경찰이 그 동네에 대규모로 단속을 나왔다. 아가씨들과 그들의 손님들이 길거리로 나와 이리 뛰고 저리 뛰고 하다가 곧 붙잡혀서 단속 버스에 실렸다. 레오 루파크도 그중 하나였다. 경찰 버스는 붙잡은 사람들을 뤼 쇼샤의 경찰서에 부려놓았다. 그를 취조할 차례가 되자 경관이 그의 신분증을 살펴보다가 말장난을 하고 싶은지 이렇게 물었다.

"음악가시군요. 연주하는 악기가 뭐죠?"

"첼로인데요."

"그럼 이제 바이올린 맛은 제대로 본 셈이네요."*

음악가는 아무 대답도 하지 않았다. 경관이 보니 그는 울고 있었다.

레오는 새벽에 풀려났다. 그는 더이상 찾는 것을 포기했다. 그때부터는 심지어 뤼 드 프로방스와 그 인근은 접근조차 피했다. 그러나 그에게 입술을 허락해주었던 약간 쓸쓸한 표정의 앳된 여자를 결코 잊을 수가 없었다. 그는 언제나 그녀를 마음속에 간직했다. 그녀 덕분에 그는 아마도 사랑을 발견한 것 같았다.

---

* 속어로 '바이올린'은 경찰서 유치장을 뜻한다.

동물원으로서의 세상

모리스 베르비에의 입장에서 보면 애초에 시작부터 잘못된 것이었다. 그의 부모는 어떤 큰 지방 도시에 조그만 서점을 가지고 있어서 그는 태어날 때부터 자기 역시 그 서점에서 일생을 보내게 되리라고 믿고 있었다. 그러나 부모님이 그에게 사업을 물려주고 은퇴한 뒤 곧 세상을 뜨자 엄청난 경쟁 상대가 나타났다. 시내 한복판에 네 개 층에 걸친 진열대를 갖춘 백화점 규모의 거대 서점이 들어선 것이었다. 소규모 서점들이 쇠퇴하기 시작했다. 여러 서점이 도산하여 사라졌다. 모리스 베르비에 역시 서점 문을 닫을 수밖에 없게 되었다. 그날, 그는 부모님이 이 세상에 계시지 않은 덕분에, 그분들에게는 삶의 이유였던 서점이 침몰

하는 꼴을 직접 보지 않게 된 것만 해도 다행이라고 생각하며 스스로 위안을 찾았다. 다만 상황이 현저하게 우울한 쪽으로 기울어지게 되었으니, 그것은 결혼한 그에게 어린아이가 둘 딸려 있기 때문이었다. 어지간히도 성질이 까다로운 그의 아내는—그는 아무리 생각해도 자신이 어쩌다 그녀와 결혼을 한 것인지 알 수가 없었다—그가 실패자가 되고 말았다며 나무라기 시작했다.

모리스 베르비에에게 불행을 안겨준 대형 서점은 그나마 인심을 써서 그를 매장에 채용해주었다. 매장에 있는 코너 하나를 관리하는 일이었는데, 그에게는 인문과학 코너가 배당되었다. 문학과 시 쪽이었으면 더 좋았을걸 하는 마음도 없지 않았다. 그렇지만 젊고 쾌활한 대학생 고객들을 상대하는 것은 즐거운 일이라고 생각하면서 위안을 삼았다. 그들 중에는 자주 예쁜 여학생들도 섞여 있었으니 말이다.

그렇지만 대형 서점이라고 해서 모든 것이 다 장밋빛은 아니었다. 그의 위에는 신비스러운 조직인 이사회가 임명한 무시무시한 점장이 군림하고 있었다. 이사회를 좌지우지하는 것은 그보다 더 신비스러운 다국적 금융회사였다. 이런 식으로 더 높이 거슬러올라가다보면 아마도 하느님 아버지에게까지 이르게 될 것이었다. 어찌되었건 점장 르노 플뢰리는 권위적이고 변덕스러워서 그 누구의 충고에도 아랑곳하지 않고, 그 어떤 탄원도 통하지 않는 독재자였다. 직원들은 그를 두려워했고 미워했다.

어느 날 모리스 베르비에가 어떤 붉은 머리 여학생에게 질 리포베츠키의 저서 『덧없음의 제국』에 대해 일장 설명을 늘어놓고 있을 때였다. 벤담의 '판옵티콘'에 버금갈 만큼 대다수의 진열서가들을 한눈에 감시할 수 있도록 된 통유리방 사무실 꼭대기에서 그들을 내려다보고 있던 점장은 그가 너무 오랫동안 노닥대고 있다는 사실을 눈치챘다. 그것은 고객에게 하는 정보 제공이 아니라 일종의 작업걸기였다. 당장 그 이튿날 베르비에에게 여행안내서 코너로 옮기라는 인사 발령이 떨어졌다. 그는 거기서 일 년 가까이 썩었다.

그러나 만사에는, 심지어 불행에도 끝이 있는 법이어서 어느 날 아침 한 가지 소식이 유쾌한 화재와도 같이 번져나갔다. 서점과 그 운명을 관장하는 신비스러운 당국에서 그 끔찍한 르노 플뢰리를 직위 해제하여 어딘지 모를 다른 곳으로 부내버린 것이었다. 그에게 피해를 입은 사람들은 그가 도형장으로, 아니 지옥으로 보내졌기를 바랐다. 그런데 그 후임이 그보다 더 나쁜 사람이라면?

사실 직원들은 롤랑 수베스트르에 대해 어떻게 생각하면 좋을

지 알 수가 없었다. 신체적인 면에서 보자면 그의 악질 전임자는
좀 허약한 사내였다. 새로 온 사람은 키가 크고 떡 벌어진 체구
에 턱뼈는 각이 졌다. 그는 친근하다기보다는 정중한 태도를 보
였다. 그런 태도 뒤에 무엇이 숨겨져 있는지 알 수가 없었다. 그
런데 그 무슨 알 수 없는 선택적 친화력의 조화인지 그가 여행안
내서를 파는 일개 이름 없는 점원에게 호감을 보이는 것이었다.
그 점원 역시 그의 호감에 기꺼이 화답했다. 이 상호간의 호감이
우정으로 발전했다. 두 사람은 같은 동네에 살고, 둘 다 버스 타
는 것을 별달리 좋아하지 않아 좀 걷는 편이 좋다고 여기는 터였
다. 그래서 일이 끝나서 퇴근할 때면 그들은 함께 귀로에 접어드
는 일이 잦았다.

골목길과 대로를 거쳐가면서 이런저런 이야기를 나누는 동안
모리스 베르비에는 몇 살 위인—한쪽은 마흔두 살, 다른 쪽은 서
른다섯 살이었다—롤랑 수베스트르 역시 기혼자로 스무 살 난
딸을 두었다는 것을 알게 되었다. 그는 자기 아내와 딸의 지적
능력을 그다지 높게 평가하지 않고 있다는 사실을 숨기지 않았
다. 베르비에는 남을 무시하는 그의 태도가 자신의 가까운 가족
에만 국한된 것이 아니라는 것을 알 수 있었다. 어떻게 표현하면
좋을까? 롤랑 수베스트르는 이 세상을 일종의 동물원쯤으로 간

주하고 있었다. 웃기는 동물인 인간들에게 일어나는 세상만사가 그에게는 한갓 코미디에 불과했다. 그가 이 새로 사귄 친구에게 자신이 아는 사람들이나 신문에서 화제가 된 사람들과 관련된 어떤 우스꽝스러운 면에 대해 이야기할 때면 그의 목소리는 궤도를 이탈하여 암탉이 꼬꼬댁거리는 것 같은 소리를 냈다. 그게 그 나름대로의 웃어대는 방식이었다.

물론 그는 모리스를 그냥 여행안내서 코너에서 썩도록 내버려두지 않았다. 보조해줄 사람이 필요하다면서 그를 자신의 방 바로 옆 사무실에 데려다 앉혀놓았다. 적절한 조처였던 것이, 두 사람은 시내를 이리저리 거닐고 다니는 것에서만큼 업무에 있어서도 서로 마음이 잘 맞았다.

서점에서는 정기적으로 연수생들을 채용했다. 대개 자격증을 취득한 젊은 여성들이었다. 연수과정 석 달이 지나면 그동안 수고 많았어요, 그다음 아가씨! 하는 식이었다. 그 석 달 동안 연수생은 결원과 충원의 필요에 따라 매장의 이 코너에서 저 코너로 옮겨다녔다. 첫날 연수생들이 인사과의 여성 책임자와 인사를 마치고 넘어오면 모리스는 그들을 안내하여 서점을 두루 살펴보게 한 다음 어느 한 코너에 배정해주었다. 그것이 그의 새로운 업무 중 하나였다.

새로운 연수생이 한 사람 왔으니 와서 데려가라는 인사과의 전화를 받자 그는 서두르는 기색도 없이 천천히 계단을 올라갔다. 문을 열고 들어선 그는 자신도 모르게 멈칫했다. 마음의 혼란이 자꾸만 커지는 것이었다. 그 자신도 왜 그러는지 알 수가 없었다. 새로 온 연수생 아가씨의 약간 쉰 목소리, 어딘가 좀 서투른 몸가짐, 어쩐지 모니카 비티를 연상시키는 것 같은 생김새…… 그는 이탈리아 여배우 모니카 비티를 아주 좋아했다. 연수생은 이름이 에밀리 라코사드라고 했다.

평소와 마찬가지로 그는 그녀가 서점을 한 바퀴 돌며 견학할 수 있도록 데리고 다니며 안내했다. 그런데 자꾸만 말을 더듬게 되고 단어와 생각이 제대로 떠오르지 않는 느낌이었다.

그후 그들은 하루에도 여러 번 마주쳤고 미소와 몇 마디 말을 주고받았다. 가정생활이 보다 원만하게 돌아가는 상태였다면 모리스는 그녀에게 그렇게까지 관심을 보이지는 않았을 것이다.

롤랑 수베스트르 역시 그 아가씨를 주목했다. 하지만 그건 그녀를 비웃기 위해서였다.

"정말 되통스럽기 짝이 없다니까. 책 무더기를 집어들었다 하면 와르르 쏟아놓곤 하니 원. 그리고 쏟아진 책들을 엎드려 주워 모을 때면 가슴 속이 훤히 들여다보이거나 아니면 팬티와 통통

한 엉덩이가 다 드러나는 거야."

그런데 모리스 베르비에는 에밀리에게 관심이 많아지면 많아질수록 그만큼 더 그런 비웃음에 항변할 엄두가 나질 않는 것이었다. 오래지 않아 그는 어렴풋하게, 그리고 곧 분명하게, 그 젊은 여자 연수생과 관련된 일로 자신과 친구 사이에 위선적인 일면이 생겨나고 있다는 것을 느끼게 되었다.

그뒤에 일어나게 된 일에 대해 시시콜콜 이야기하는 것은 불필요하다. 말을 하나 마나 너무도 뻔히 짐작되는 일들이니 말이다. 에밀리는 모리스를 자신의 보잘것없는 원룸으로 초대했다. 그 첫번 방문으로 그녀는 당장 그의 정부가 되었다.

그러자 이리저리 숨기고 거짓말로 둘러대는 생활이 시작되었다. 단순히 베르비에의 가족들에게만이 아니라 서점 안에서도 마찬가지였다. 가장 난처한 것은 모리스가 롤랑 수베스트르에게 아무것도 털어놓을 수가 없다는 점이었다. 그의 가장 가까운 친구인 것은 분명하지만 그녀를 그토록 비웃어대고 있지 않은가 말이다! 그와 동시에 그는 친구의 그런 비웃음을 두려워하고 있는 자신이 부끄러웠다. 그것은 바로, 무엇이든 누구든 가리지 않고 다 비웃어대기만 하는 그 친구가 자신과 에밀리와 그들의 사랑을 비웃는 것은 당연하다고 인정하는 것이었으니 말이다.

모리스와 에밀리는 서로 말을 트고 지냈다. 하지만 그것은 위험한 일이 아니었다. 왜냐하면 서점에서는 미리 정해진 규칙이 있는 것이 아니라 서로 얼마나 가까워졌느냐에 따라, 혹은 그저 그때그때의 상황에 따라 말을 트기도 하고 높이기도 했으니 말이다. 너라고 하느냐 당신이라고 하느냐에는 다소 불확실하고 이해되지 않는 면이 있었다.

가끔 모리스 베르비에는 그의 친구가 그래도 뭔가를 눈치챈 게 아닐까 하는 의문이 생기기도 했다. 왜냐하면 에밀리의 연수 기간이 끝났을 때 그가 그녀를 정식 직원으로 채용했으니 말이다.

그 넓은 서점 안에서 두 연인은 간혹 유리문을 통해서, 혹은 널찍한 계단 이쪽저쪽에서 서로 눈이 마주치는 일이 생겼다. 그럴 때면 그들의 눈빛이 탁해졌고 가슴이 두근거렸다. 에밀리가 모니카 비티를 가장 많이 닮아 보일 때는 바로 그런 순간이었다.

시간이 흐르면서 젊은 여자 편에서 어쩔 수 없이 조바심을 하기 시작했다. 둘이서 사랑을 나눈 뒤 모리스가 아직 그녀 안에 그대로 남아 있을 때 그녀는 문득 하염없이 눈물바람을 하는 모습을 보이기도 했다. 어떨 때는 덜 슬퍼 보이면서도 공격적으로 나오기도 했다.

"당신이 사랑하지도 않는 여자, 당신 말이 사실이라면 당신을 사랑하지도 않는다는 그 여자를 대체 언제 떠날 생각인데?”

그가 차마 입 밖에 내지 못하고 있는 사실이 있다면 그건 바로 친구인 롤랑 수베스트르에게 그들의 관계를 감히 털어놓지 못하고 있다는 점이었다. 마치 친구가 이렇게 말하는 소리가 귓전에 들리는 것만 같았던 것이다.

“아니, 너와 그 되통스러운 계집애가! 툭하면 실수를 저질러대는 그 웃기는 계집애랑!”

혹은 그보다 더 심하게,

“너 아직 이 서점이 어떤 곳인지 잘 모르고 있구나. 위에서는 직장 내에서 그런 불미스러운 일이 생기는 걸 제일 싫어해. 윗선에서 그걸 알았다간 우리 둘 다 당장 해고야.”

그러다 스위스 로잔에 있는 어떤 공동출자 서점에 이 주간 출장을 가야 하는 일이 생겼다. 그는 숨이 좀 트이는 느낌이었고 도무지 해결 방법이 보이지 않는 이 난감한 상황 속에서 잠시 숨을 돌릴 수 있었다.

이틀째가 되는 날 그는 호수가 내다보이는 호텔방에서 전화벨 소리에 잠이 깼다. 에밀리였다.

“당장 돌아와야겠어! 롤랑이 응급 수술을 받았는데 일이 잘못돼서 죽게 생겼단 말이야!”

그는 급성맹장염으로 응급 수술을 받지 않으면 안 되었다. 그
랬다가 복막염, 패혈증 등으로 발전한 것이었다.

모리스는 그날 오후 파리에 도착했다. 친구는 이미 사망해 있
었다.

새 점장이 임명되었다. 모리스 베르비에는 그와 사이가 좋을
것도 나쁠 것도 없었다. 가장 이상한 것은 그가 여전히 그들의
관계를 숨기고 싶어한다는 점이었다. 마치 아직도 롤랑 수베스
트르가 그들의 관계를 어떻게 생각하는지 궁금하고 아직도 그가
비웃으면 어쩌나 두렵기라도 한 듯이 말이다. 그는 세상을 동물
원이라고 여기는 그 인물에게 사로잡힌 상태였던 것이다. 그렇
다면 나는 뭘까? 모리스는 자문해보았다. 원숭이일까? 개일까?

결국 애인 에밀리는 더이상 견딜 수 없어하더니 그를 떠났다.

그후, 그는 새 여자를 사귈 때마다—사귄 여자는 그리 많지
않았다—늘 같은 반사 반응을 보였다. 롤랑이 뭐라고 할까? 그
러다가 마음을 가다듬었다. 롤랑은 아무 말도 하지 않을 거야.
그에겐 모든 걸 감쪽같이 숨겼으니까. 그렇지만 한 번은, 딱 한
번은, 혼자 이런 생각을 했다. 이번 여자하고의 관계에 대해서는
그에게 털어놓아야겠어.

레오노르

레오노르

나는 여러분에게 레오노르Léonore 이야기를 하고자 한다. 벌써부터 그 이름은 에드거 앨런 포의 가장 유명한 시구인 "천사들이 레노어Lenore라고 이름 지어준 귀하고 빛나는 소녀"를 생각나게 한다. 레오노르라는 이름에는 레노어보다 모음이 하나 더 많다. 나는 세상에서 그렇게 아름다운 피조물은 본 적이 없다. 그녀가 살아 있는 모습을 바라보는 것 자체가 벌써 일종의 행복이다. 그녀를 어떻게 묘사하면 좋을까?

내가 별로 탐탁해하지 않는 말이긴 하지만 그래도 제일 먼저 머리에 떠오르는 표현은 그녀가 우아하다는 것이다. 그녀에게는 귀족 여성다운 고상함, 나아가 위풍당당함이 있다.

레오노르는 키가 크다. 아주 크다. 검은 옷에 붉은 양말을 신었다. 몸가짐과 거동은 감탄을 자아낸다. 함께 외출하면 지나가던 사람들이 우리를 돌아본다. 기분 좋은 감탄의 말이 들린다. 온통 칭찬하는 사람들뿐이다. 솔직히 말해서 레오노르는 칭찬과 아첨에 민감한데 나로서는 좀 슬픈 일이다. 상냥하게 말을 걸어주기만 하면 누구든 가리지 않고 따라가버릴 것 같다. 나 같은 건 금방이라도 잊어버릴 태세다. 그러니 나로서는 별로 기분 좋은 일이 아니다. 이토록 예외적인 존재이고 보니 남들과 나누지 않고 그냥 혼자서 독차지하고 싶은 것이다. 사실 말이지, 남들과 나누어 가지는 걸 좋아할 사람이 어디 있겠는가?

나는 레오노르가 어리석어서 그렇게 행동하는 거라고 스스로 위안한다. 미모가 대단하다고 해서 반드시 그에 걸맞은 지능이 따르는 것은 아니다. 그리고 솔직히 말해서 레오노르는 좀 멍청하다. 하지만 세상에 누가 완전하다고 자신할 수 있겠는가? 내가 남들에게 원하는 것은 부드러움, 친절 같은 것이다. 그런 것은 지능보다 더 귀한 자질이다. 그런 자질이 없다면 지능은 아무런 소용이 없다. 레오노르는 바로 그런 심성을 지니고 있는 것이다. 내가 그녀에게 말을 할 때 언제나 그녀의 아름다운 밤색 눈동자에서 이해의 불꽃이 튀는 것은 아니다. 하지만 나는 언제나 그 눈 속에서 믿음과 호의와 사랑을 발견할 수 있다고 굳게 믿는다.

나의 삶에는 다른 존재가 또하나 있다. 이 방 저 방 어디를 가나 나를 졸졸 따라다니는 존재. 내가 퇴근하여 집으로 돌아올 시간이면 그녀는 문 뒤에서 나를 기다린다. 식탁에서는 내 접시에 남은 음식을 싹 다 비워버린다. 딴에는 애정을 표현한답시고 충동적이며 서투른 행동을 저지르는 때가 한두 번이 아니다. 코나 턱으로 들이박으며 나를 정신없게 만든다. 그렇지만 내가 밀쳐내면 신음소리를 내면서 물러난다. 나는 그녀를 용서해준다. 되통스러운 게 그녀의 타고난 천성이다. 그래서 여간 굼뜬 게 아니다. 집안의 소소한 물건들을 뒤집어엎고 접시와 유리컵을 깨는 등 그녀가 피우는 난리 법석은 수를 헤아릴 수가 없다.

내가 아파 누워 있을 때면 그녀는 내 침대 발치에 동그랗게 몸을 말고 엎드려 있다. 그녀는 내가 시골에 데리고 가주는 것을 제일 좋아한다. 시골에 도착하자마자 풀밭에 가서 뒹군다. 때로 그녀가 잠자면서 내쉬는 곤한 숨소리가 들린다. 어쩌면 숲이나 초원이나 시냇물 꿈을 꾸는 것인지도 모른다. 심지어 파리 시내의 거리에서도 냅다 달음박질을 치지 않고는 배기지 못하는 때가 있다. 그러면 나는 그녀를 불러서 그러면 못쓴다고 타일러줘야 한다. 한번은 시위에 참가하느라 혼자 집에 두고 나왔더니 그녀가 나를 찾아서 집을 나와버렸다. 그러고는 용케도 수십만 명의 군중 속에서 나를 찾아냈다. 어떻게, 무슨 본능에 따라 그랬던 것인지 나로서는 설명할 길이 없다. 나는 그녀를 '우리 강아지'라고 부른다.

아참, 내가 당신에게 미리 얘기해두지 않은 게 있다. 당신이 그 때문에 잘못 짐작하면 안 되겠다. 검은 옷에 빨간 양말을 신은 그 기막힌 피조물 레오노르는 보스 종 암캐다. 그리고 에파뉠 종 같은 눈길로 나를 맞아주는, 그토록 되통스럽고 일편단심인 우리 강아지는 내가 사랑하는 아내다.

요부,
호랑이 조련사
그리고
신부님의 하녀

이것은 단편소설이라기보다는 그 복잡한 우여곡절들로 보면 오히려 장편소설에 가깝다. 그렇다고 꼭 소설이라고 볼 수도 없다. 왜냐하면 이 이야기, 그러니까 왕년에 아주 유명했던 어떤 여자 스타에 관한 이 이야기는 모든 것이 다 실화이기 때문이다. 나는 그 이야기를 그녀가 내게 들려준 그대로 전하고 싶다. 망각 속으로 빠져든다는 건 너무나도 슬픈 일이다. 망각, 그건 우리 모두의 공통된 운명이지만.

'르 그르니에 드 툴루즈' 극단 버스는 로데즈, 생타프리크, 미요 등 아베롱 데파르트망의 도시들과 마을들을 두루 돌아다니며 연극 〈타르튀프〉를 공연한다. 버스 뒤에는 무대장치들과 소도구들을 실은 무거운 트레일러가 연결되어 있다. 타른 데파르트망의 석회질 고원들과 고개를 거치는 동안, 차는 덜컹거리고 길은 구불구불하지만, 그 안에서는 늙은 부인 한 사람이 뜨개질을 하고 있다. 그녀는 털실로 짜서 마스코트 강아지들을 만든다. 신생 극단의 이 착한 할머니는 몰리에르의 연극에서 페르넬 부인 역을 맡고 있다. 포스터에 찍힌 것은 그녀의 이름 그대로다. 2차대전 전 프랑스 영화계에서 가장 유명했던 요부 역 여배우요 기막힌 팜파탈 지나 마네스 말이다.

나는 취재차 그녀를 찾아가서 만난 적이 있다. '명성의 이재민'이라고 이름 붙이면 좋을 법한 그 기획물의 취재 대상은 이를테면 어떤 운명의 주먹질과도 같은 불의의 사고를 당하여 갑작스럽게 스타로서의 이력이 결딴나버리는 바람에 망각 속에 파묻혔다가 '바퀴는 다시 돈다'는 웅변적 이름을 내건 무슨 자선단체 덕분에 겨우 생명이 되살아나기도 하는 그런 종류의 예술가들이었다. 우리는 담당 기사들이 무대장치를 거두어 트레일러에 다 실을 때를 기다리며 가장 마지막까지 문을 연 어느 선술집에 들어가 얘기를 나누었다. 내가 그녀에 대해 알게 된 것은 무엇보다도 여간해서는 도저히 일어날 수 없는 기이한 방식으로, 즉 호랑이 이빨 때문에 그녀의 이력이 결딴나버렸다는 사실이다. 그녀는 이렇게 회상했다……

나는 파리의 포부르생탕투안에서 가구제조상을 하는 집 딸이에요. 나는 아주 어려서 결혼했다……기보다는 부모님이 나를 아주 일찍 결혼시켰어요. 결혼 생활이라야 겨우 십팔 개월이 전부였지요. 그동안에도 나는 두 번이나 친정으로 돌아왔어요.

나의 꿈은 예술가가 되는 것이었어요. 어떤 여자 친구가 충고하는 대로 나는 저명한 버라이어티 쇼의 기획자 리프에게 편지를 썼답니다. "저는 열일곱 살의 이혼녀입니다. 저는 연극을 하고 싶습니다."

편지를 받은 리프는 재미있다고 생각했던 것 같아요. 열일곱 살 먹은 이혼녀라니. 그는 나를 팔레루아얄 극장에 고용했지요. 그 업소에서 보여주는 쇼의 대부는 다름아닌 장 가뱅의 아버지였어요. 나는 '큐브' 수프*를 맡았지요. 그리고 이런 노래를 불렀어요. "나는 매력적인 큐비스트. 전쟁통에 내 큐브가 울퉁불퉁해졌다네……"

내 진짜 이름은 블랑슈 물랭이에요. 리프는 나에게 '로마네스크'라는 이름을 지어주려고 했어요. 나는 그 이름의 가운데 음절

---

* bouillon KUB. 1908년 쥘리우스 마기가 프랑스 시장에 상품화하여 내놓은 갈색 정육면체의 인스턴트 수프 재료.

들만 따서 '마네스'로 정했죠.

처음에는 통속극 전문 극장들에서 여자 단역을 맡았어요. 그러다가 어느 날 오리 사냥에 초대받아 솔로뉴 레지옹으로 갔어요. 타고 있던 조각배가 전복되었지 뭐예요. 나는 폐충혈 증상 때문에 니스로 가서 요양하는 신세가 되었어요.

그곳에서 우연히 영화감독 모리스 드 칼롱주를 만났지요. 그가 내게 말했어요. "루이 푀야드를 찾아가서 만나봐. 순진한 처녀 역을 맡은 여배우 때문에 골치를 앓고 있어. 그 여배우가 출산을 하게 되었나봐." 루이 푀야드는 나를 테스트해보려고 '못된 딸을 내쫓는 아버지'라는 주제의 영화에 나를 출연시켰어요. 그러고 나서 그는 내 머리를 밝은색으로 탈색시켰어요. 당시에는 순진한 처녀처럼 보이려면 금발이어야 했거든요.

1923년에 나온 영화 〈일편단심〉을 보면 내 얼굴은 사납게 출렁거리는 마르세유 구항舊港의 물결 위에 겹쳐 찍혀 있어요. 나는 툴루즈의 시네클럽에서 그 옛날 영화들을 다시 보곤 한답니다.

나는 아주 많은 시네로망에 출연했어요. 차츰차츰 요부, 팜파탈 같은 더 힘든 역이 찾아오더군요. 그런 역을 할 때면 언제나 웃음이 나왔어요!

이윽고 아벨 강스 감독이 내게 영화 〈나폴레옹〉에서 조제핀

드 보아르네 역을 맡아달라고 했어요. 정말이지 깜짝 놀랐어요!

장면 전환. 나는 모든 것을 다 접고 모로코의 카사블랑카와 마라케시 사이의 외딴 마을 '킬로미터 120'*에 간이식당 하나를 샀어요. 정말 멋졌어요. 고요함, 기막힌 경치, 둘만의 고독. 게다가 그 식당에는 훌륭한 요리사 모하메드가 있어서 모든 성가신 일들을 도맡아 처리해주었거든요.

그런데 어느 날, 분주하게 일을 하고 있는 중에 경찰이 들이닥쳐 모하메드를 잡아갔어요. 여러 해 전부터 수배 대상이었던 그는 여행자들의 주머니를 털고 살해한 무리의 우두머리였던 거예요.

나는 요리책을 열심히 뒤적거리며 혼자서 식당을 꾸려가지 않으면 안 되었죠. 시장은 무려 40킬로미터나 떨어진 곳에 있었는데!

그런데 영화 〈위대한 게임〉의 촬영차 자크 페데, 프랑수아즈 로제, 마리 벨, 피에르리샤르 빌름 등이 한 팀을 이루어 '킬로미터 120'을 지나게 되었어요. 그들 앞에서 나는 한껏 폼을 잡았죠. 그리고 그들에게 말했어요. "이곳 재미가 아주 쏠쏠하다니까요."

---

* 장소 이름. 이 지역에는 지명이 따로 없고 지나온 만큼의 거리가 길가의 경계표에 표시되어 있다.

그렇지만 나는 결국 파리로 돌아와 여배우 일에 복귀했어요.

전쟁중이던 1943년에 메드라노 서커스단이 내게 호랑이 우리 안에서 하는 쇼에 출연해달라고 요청해요. 서커스단 본부에서 낸 아이디어는 영화 스타들을 서커스 쇼에 출연시키는 것이었어요. 사실 나는 〈아름다운 창녀〉에서 이미 동물들을 길들이는 조련사 역을 맡은 적이 있었죠. 나는 우선 요청을 거절했어요.

"안 해요. 하마터면 잡아먹힐 뻔했거든요."

"그렇지만 이건 전혀 위험 부담이 없어요. 진짜 조련사가 옆에서 봐줄 거니까요."

그래도 나는 여전히 주저했어요. 겁을 먹은 것으로 보이면 어쩌나 싶어 나는 많은 돈을 요구했죠. 상대가 거절하기를 바랐는데 그들은 좋다며 받아들였어요.

일이 여러 가지로 지연되는 바람에 나는 공연 엿새 전에야 비로소 호랑이들과 대면하게 되었어요. 조련사 스페사르디가 나를 지도해주기로 되어 있었어요.

나는 종이와 연필을 소지하고 우리 안으로 들어갔어요. 그리고 여섯 마리의 호랑이 이름을 적었어요. 프랭스, 아라미스, 세자르, 봄베이, 루아얄, 그리고 라자. 그러나 일단 한데 뒤섞여버리면 그들을 분간하는 것은 불가능했어요. 그놈이 그놈인 그저 호랑이일 뿐이었으니까요.

호랑이들은 다섯 가지 연기를 보여주기로 되어 있었어요. 우선 쇠창살에 붙들어매놓은 각자의 작은 단 위에 기어올라간 다음 거기서 창살에 등을 대고 일어서요. 그다음에는 다리 건너기, 말뛰기, 불이 활활 타오르는 링 통과하기. 다섯번째 쇼에서는 세 마리의 호랑이가 등받이 없는 의자 위에 올라가서 뒷발로 일어서기를 선보여요. 나는 한 마리 한 마리 호명하면서 호랑이들에게 명령을 내리는 역할을 맡았어요. 그렇지만 이 녀석이 프랭스인지 세자르인지, 저 녀석이 봄베이인지 아라미스인지 어떻게 알 수가 있겠어요?

첫 공연은 1943년 11월 13일 금요일에 있었어요. 오전 공연은 별 탈 없이 진행되었죠. 오전 공연과 저녁 공연 사이에 소나기가 쏟아졌고 그다음에는 공습경보가 있었어요. 라디오 방송국에서 녹음을 하겠다고 찾아왔어요. 취재기자는 호랑이들의 울부짖는 소리가 흡족할 만큼 우렁차지 않다고 했어요. 조련사가 고기를 가져오라고 하더니 내가 호랑이들에게 말을 하는 동안 쇠창살을 통해서 고기 냄새를 맡게 했어요. 그러자 호랑이들이 울부짖는 소리가 들렸어요. 그중 두 마리가 서로 싸웠어요. 그 무렵에는 맹수들도 우리 사람들과 마찬가지로 영양실조 상태였거든요.

저녁 공연이 시작되어 쇠창살을 따라 돌며 호랑이들을 준비시키다가 나는 그중 한 마리가 보이지 않는다는 사실을 알아차렸어요. 어떤 녀석일까? 라자? 아라미스? 그러다가 눈에 보이지 않던 녀석이 내 등뒤의 등받이 없는 의자에 올라가 있는 것을 보았어요. 이게 어떤 녀석일까? 나는 호랑이에게 말했어요. "너 거기서 뭐해?"

두번째 장면에서 또다른 호랑이 한 마리가 등받이 없는 의자 위에서 내려오지 않은 채 그대로 있는 거예요. 나는 화가 나서 그놈에게 달려가 소리쳤죠. "아니 너마저, 일하기 싫은 거야 뭐야?"

세번째 장면에서도 그 녀석은 같은 짓을 반복했어요. 드디어 그게 어떤 놈인지 알 수 있었어요. 루아얄이었어요. 다음 장면에서는 그 녀석부터 시작할 차례였어요. 내가 녀석에게 말했죠. "자, 이제 그만해! 자리로 돌아가!"

놈의 두 눈이 빨갛게 충혈되어 있었어요. 화가 난 나머지 내가 너무 가까이 다가갔던 모양이에요. 놈이 발로 내 머리 뒤쪽을 거머쥐고 땅바닥에 납작하게 엎어뜨렸어요. 둔탁한 소리가 나는 것 같았는데 내 코가 깨진 거였어요. 나는 내 몸이 허공에 실려 날아가는 것을 느꼈어요. 놈이 내 어깨를 휘어잡은 것이었어요.

나를 의자 밑으로 끌어당겨 집어삼킬 태세였죠.

객석이 공포에 휩싸였어요. 호랑이 네 마리가 내게 달려들고 있었어요. 객석에 있던 독일 장교들과 민병대원들이 호랑이들을 향해 총을 쐈어요. 여자 관객 한 사람이 복부에 총알을 맞았어요. 끝내 신분이 밝혀지지 않은 또 한 사람의 여자 관객은 상처가 심해서 결국 사망했고요. 그 여자는 자기 남편이 아닌 다른 남자와 함께 와 있었는데 자신이 1943년 11월 13일 그 금요일 저녁에 메드라노 서커스를 보고 있었다는 사실을 고백하지 않은 채 죽었죠.

호랑이들 중 한 마리인 봄베이의 행동은 이상했어요. 다른 놈들이 내게 악착같이 달려드는 것을 보자 그 녀석은 자기도 달려와서 내 장화 한 짝을 벗기더니 제 등받이 없는 의자 밑에 갖다 놓고는 그 옆에 앉아서 보초를 섰어요. 조련사는 내게 말했어요.

"봄베이가 당신을 사랑하나봐요."

전신에 상처를 입은 채 나는 미르모탕 병원으로 이송되었는데 그곳에서는 다들 내 생명을 구해낼 수 있을지에 대해 비관적이었어요. 맹수들의 발톱과 이빨이 낸 상처가 곪았던 거예요.

사고가 난 지 여러 달이 지난 뒤 내가 샤토루에 머물고 있으려니까 어떤 서커스단이 하마터면 나를 집어삼킬 뻔했던 호랑이들을 데리고 그곳으로 왔어요. 나는 우리에 갇힌 루아얄을 보러 갔어요.

"그래, 루아얄!"

호랑이는 화가 잔뜩 나서 쇠창살 쪽으로 달려오더니 한쪽 발을 창살 밖으로 내밀려고 했어요. 녀석이 나를 알아보았던 거예요. 어느 것 하나 잊은 것 없이 다 기억하고 있었어요. 두 칸 떨어진 우리 안에 봄베이가 보이기에 내가 녀석에게 말했죠. "잘 있었니, 우리 봄베이. 넌 나한테 친절하게 굴었지." 봄베이는 눈을 감더니 벽 쪽으로 고개를 돌렸어요.

상처는 완전히 다 나았지만 사람들에게 잊힌 채 나는 다시 모로코로 돌아갔어요. 그러나 이번에는 연극학교 교수 자리였어요. 그리고 나서 나는 다시 프랑스로 돌아와야 했죠.

나는 몽레리 근처에 있는 어떤 신부님 댁에 일자리를 구했어요. 그래요, 신부님 댁에 말이에요! 나한테 꼭 필요한 사람이었죠. 그는 과거에 바다프*의 종군 사제였어요! 불행하게도 그곳 사람들이 내가 누군지를 알아보았어요. 신부는 신도들로부터 따

---

* Bat' d'Af. 아프리카 보병대대의 약자. 프랑스 육군 소속 아프리카 주둔부대로 전과자들을 받아들인 다음 특수훈련을 거쳐 전투에 투입했는데, 특히 알제리 전쟁 때 악명이 드높았다.

돌림을 당할 위험에 처하게 되었어요. 신부님이 요부를 하녀로 데리고 있다니 말이나 되겠어요!

지금 시간이 새벽 한시, 두시 가까이 되었다. 기사들이 무대 장치를 거두어 트레일러에 싣는 일을 다 마쳤다. 나는 무거운 두 다리를 이끌고 버스에 오른다. 불쌍한 노파가 되어버린 페르넬 부인! 두 눈에 졸음이 가득한 채로 나는 뜨개질거리를 꺼낸다.

샌드위치맨

샌드위치맨

나는 어떤 통신사의 시사부에서 밤시간에 일하고 있었다. 별 볼 일 없는 졸업장, 아니 별 볼 일 없다기보다 그저 평범한 졸업장을 가지고 그런 자리라도 얻을 수 있었으니 나로서는 만족스러웠다. 월급도 그다지 박한 편은 아니었다. 밤근무를 마친 뒤 충분히 잠을 자고 나면 낮에는 내가 좋아하는 일을 할 시간이 좀 남았다. 좋아하는 일이라야 별것 아니었다. 책을 읽고 파리 시내 거리를 어슬렁거리고 영화관에 가는 정도였다.

나는 장 르부알이라는 이름의 친구와 한 팀을 이루어 일했다. 우리 사이에는 제법 동료애가 싹터가고 있었다. 하지만 우리는 여러모로 달랐다. 우선 신체적으로 달랐다. 그는 키가 크고 금발에 곱슬머리였는데 나는 키가 작고 갈색 머리에 피부가 좀 거무스름했다. 과거 수백 년 동안 우리의 핏줄을 이어준 조상이 어떤 사람들이었는지 어찌 알겠는가. 프랑크족, 바이킹족, 사라센족, 로마인, 어쩌면 카르타고 사람일지도…… 그러나 장 르부알과 나의 가장 중요한 차이는 바로 그가 절대로 게으르지 않았다는 점이다. 그는 문학적 야심이 대단했다. 시간이 남으면 그는 멕시코와 페루를 정복한 옛 콘키스타도르를 주제로 파란만장하고 거창한 역사 이야기를 글로 쓰는 데 열중했다. 제1장을 탈고하기도 전에 그는 벌써 각 권 500페이지 정도 되는 총 여섯 권의 대작으로 발표하겠다고 예정하고 있었다.

가장 놀라운 사실은 자신이 계획한 작업의 끝을 보았을 뿐만 아니라 둘째 권을 내면서부터 벌써 큰 성공을 거두었다는 점이다. 그는 인기 작가가 되었고 판매 수입도 대단했다. 심지어 그는 때로 사람들의 눈을 헷갈리게 하여 진정한 문학 집단의 일원으로 간주되기도 했다. 그는 곧 글만 써도 먹고살 수 있게 되어 통신사를 떠났다. 몸은 서로 떨어져 지내도 우리의 우정은 변한 것이 없다는 것을, 우정은 허공중에 사라지는 수증기 같은 것이 아니라는 것을 내게 보여주려는 듯 그는 이따금씩 나를 좋은 식당으로 초대해주곤 했다. 그의 집으로 초대받아 좀더 살갑게 지내고 싶은 마음도 없지 않았지만, 그는 성공가도를 달리게 되자 사귀는 여자도 갈아치웠고 그의 새 여자친구는 나를 자기네 집으로 초대할 생각이 없는 눈치였다.

통신사에 장 르부알의 후임으로 어떤 다른 사내가 들어왔는데, 내가 보기에 그는 이미 이곳저곳을 굴러다니며 우리 부류의 평균 이상으로 산전수전 다 겪은 인물 같았다. 이름이 파트리스 마르키라고 하는 그는 로제르 데파르트망의 마르브졸 출신으로, 그의 아버지가 카페 종업원 자리를 얻어 파리로 오는 바람에 어린 시절부터 파리에 정착하여 지냈다. 그의 아버지는 자신이 직접 '카페, 화목 및 숯'이라는 간판을 달고 가게를 열어 모두가 부러워하는 숯장수 지위에 이르려던 꿈을 실현하지 못한 채 너무 일찍 세상을 하직하고 말았다. 덕분에 파트리스 마르키가 유산으로 물려받은 것이라고는 남부지방의 사투리 억양뿐이었다.

기이하게도 장 르부알의 후임 역시 얼마 되지 않아서 자기도 문학적 야심을 품고 있다는 것을 내게 털어놓았다. 그는 시를 쓰고 있었다. 그는 여러 출판사를 접촉해보았지만 허사였다. 그러나 시집을 내는 출판사들은 흔히 저자 쪽에서 비용을 대는 자비 출판 일을 맡아준다. 그런 출판사들을 뭐라고 평가해야 할지 나로서는 잘 모르겠지만, 많은 경우 그들에게 출판은 불쌍한 사람들의 주머니를 털 수 있는 비양심적인 수단일 뿐이고, 한편 그 불쌍한 시인들은 자신의 이름을 책표지에 찍어내보겠다는 허영심을 만족시키기 위하여 수중에 가진 돈을, 아니 더러는 가까운 주변사람들의 재산을 탕진할 준비가 되어 있는 것이다. 어찌되었건 그런 것은 파트리스 마르키의 능력 밖의 일이었다. 그래서 그는 자기가 직접 책을 만들어 출판하기로 결심했다. 조그만 시집 한 권을 만들어 내놓기 위하여 그는 이 돈 저 돈 쓰지 않고 절약해야 했지만 마침내 그의 책이 세상에 나오게 되었다. 책이라기보다는 그냥 얄팍한 팸플릿에 지나지 않았다. 그는 불바르 생제르맹과 불바르 생미셸에 나서서 지나는 행인들을 상대로 책을 팔아보려고 했다. 나는 처음부터 시에 대해서는 아는 게 없다고 말했었다. 그건 사실이었다. 하지만 우정상 그의 시집을 한 권 사주고 싶었다. 그러나 그는 우정상 그럴 수는 없다면서 기어코 내게 한 권을 증정하려고 했다. 볼펜을 꺼내 책의 속표지에 서명을 하는 모습을 보면서 그가 얼마나 흐뭇해하는지 알 수 있었다.

파트리스 마르키는 통신사에 오래 다니지 않았다. 그가 어떻게 우리 회사에 들어오게 되었는지 나로서는 알 수 없지만 그의 해고 사유는 능력 부족이었다. 게다가 더욱 심각한 것은, 그의 책상 위에 굴러다니는 원고를 간단히 살펴보기만 해도 그것은 기사가 아니라 시라는 것을 쉽게 알 수 있다는 점이었다.

머지않아 나는 그의 소식을 더이상 듣지 못하게 되었다. 한편 그의 전임자인 장 르부알에 대해 말하면, 우리의 우정을 돈독히 할 목적으로 갖는 식사의 기회가 점점 드물어졌다는 사실을 솔직히 인정할 수밖에 없었다.

아주 먼 과거도 아니지만, 그 시절 파리의 길거리에 나서면 종종 한 줄로 길게 늘어서서 지나가는 트럭들을 볼 수 있었다. 자재나 상품들을 싣고 가는 것이 아니라 그 옆구리에 커다란 광고판을 붙이고 다니는 트럭들이었다. 자동차의 통행량이 늘어나면서 이런 관습은 자취를 감추었다. 한편, 그 시절 벌써 좀 보기 드물어지긴 했지만 그래도 아직은 남아 있는 것이 샌드위치맨들이었다. 그들 역시 어떤 상품을 선전하는 거대한 광고판의 물리적이고 상징적인 무게를 양어깨로 견디며, 길마를 얹은 노새들처럼 앞서거니 뒤서거니 한 줄로 늘어서서 지나다니곤 했다. 그리고 더 드문 광경이긴 했지만, 혼자 돌아다니는 샌드위치맨도 있었다. 정해진 경로를 따라서인지 아니면 그때그때 마음 내키는 대로인지는 알 수 없으나 하여간 혼자서 인도 위를 처량하게 돌아다녔다.

어느 날, 장 르부알이 함께 식사를 하자면서 내게 전화를 했다. 그런 기회를 가져보지 못한 지 여러 달, 아니 어쩌면 일 년도 더 된 때였다. 그는 카르티에 몽파르나스에 있는 자기네 출판사에서 만나자고 했다. 그가 쓴 파란만장한 이야기책의 인기는 변함이 없었다. 제4권이 이제 막 나와서 벌써부터 베스트셀러 목록의 선두에서 빛을 발하고 있었다. 내 친구가 쓴 책의 그 사나운 주인공들이 지난날 아메리카 대륙을 휩쓸었다면 그 자신은 광범위한 독자 대중을 사로잡고 있었다. 그는 과연 거기서 한발 더 나아가 자신의 이름이 문학사에 길이 남기를 기대하고 있었을까? 나로서는 한 번도 그가 내심 깊이 어떤 생각을 하고 있는지 직접 물어볼 용기가 없었다.

출판사는 노트르담데상 성당 뒤의 좁은 비탈길에 있었다. 현관문을 열고 들어서면 마치 오래된 시골 고등학교 같은 인상을 주는 안뜰이 나왔다. 그 안뜰로부터 사방으로 난 문들은 출판사의 여러 부서들로 통해 있었다. 나는 내 유명한 친구와 만나기로 되어 있는 문학편집부 쪽으로 걸어갔다. 등뒤의 문을 닫으려고 돌아서는데 맞은편 쪽에서 어떤 키가 조그만 작자가 눈에 들어왔다. 빨간 바지에 샛노란 깃이 달린 초록색 윗도리 차림이었다. 꼭 무슨 앵무새 같아 보였다. 문득 노란색과 초록색은 그 출판사의 책표지 색깔이고 그 표지 위에 저자의 이름이 대문자로 찍힌 붉은색 띠지가 둘려 있다는 것이 기억났다. 안뜰에서 그 키 작은 작자가 어떤 창고의 문을 열었다. 그리고 거기서 커다란 광고판을 꺼내더니 그것을 어깨 위로 들어올려 그 양쪽에 걸린 아치 모양의 부분을 이용해 몸에 착용했다. 그리고 가죽띠를 채우자 그 무게가 그의 상체를 짓눌렀다. 그 앵무새는 다름아닌 샌드위치맨이었던 것이다. 그 광고판이 굵직한 글자들로 선전하고 있는 것이 장 르부알의 새로운 걸작 제4권의 출간 뉴스가 아니었다면 나는 그에게 주목하지 않았을 것이다. 시선을 확 잡아당기는 그 광고 자체가 너무나 흥미로워서 나는 하마터면 그 판때기를 짊어진 당사자인 파트리스 마르키를 못 알아보고 지나칠 뻔했다.

나는 만나기로 한 약속을 포기했다, 라기보다는 할 수 없지, 좀 늦게 가지 뭐, 하고 생각했다. 나는 눈치채이지 않도록 빨간 바지와 광고판의 뒤를 밟았다. 마르키는 불바르 몽파르나스로 나섰다. 그리고 뤼 드 렌을 계속 따라 내려갔다. 생제르맹데프레에 이르자 오데옹 쪽으로 방향을 틀었다…… 나 스스로 생각해도 웃음이 나왔다. 미행의 초보치곤 솜씨가 그럭저럭 괜찮다는 생각이 들었던 것이다. 한편 생각해보면, 출판사 쪽에서도 이런 샌드위치맨들이 정해진 코스를 제대로 잘 돌고 있는지 아니면 도중에 어떤 선술집에다가 무거운 짐을 내려놓고 반드시 돌아야

할 코스의 한 토막을 목이나 축이는 휴식으로 대체하지나 않는
지 보려고 감시원을 딸려 내보내지 않았을까 하는 의문이 생겼
다. 그러나 무엇보다도 나는 마르키의 심정이 어떠할까 하는 생
각에 가슴이 조여들었다. 시인인 그가 형편없는 작가의 성공을,
아니 방자한 성취에 빛나는 거짓된 가치의 인기를 선전하는 광
고판의 무게에 짓눌린 양어깨를 쓰다듬으며 파리 거리거리를 돌
아다니지 않으면 안 된다니. 차라리 그 광고판이 무슨 세제나 화
장품이나 치즈를 선전하는 것이었다면……

　며칠이 지난 뒤에도 마치 무슨 몹쓸 우연의 장난인지 나는 그
가엾은 친구를, 그의 빨간 바지와 초록과 노랑 윗도리를, 그리고
그 무거운 광고판을 몇 번이나 다시 보게 되었다. 그건 시시포스
의 바위보다 더한 것이구나 하는 생각이 들었다. 뭐니뭐니해도
바위는 그 그리스신화의 주인공을 모멸의 대상으로 만들지는 않
았다. 결국에 그가 어쩔 수 없이 나를 보고야 말았다. 나는 내가
그런 상황에 놓이게 된 것이 저주스러웠다. 그런 모습으로 혼자
돌아다니는 것만으로도 충분히 부끄러웠을 터인데 거기에 더하
여 나와 마주치기까지 했으니 말이다.

　그가 나에게 인사를 했다. 오히려 유쾌한 표정이었다. 마치 나
를 다시 만나서 정말 반갑다는 듯이. 당황스러워 쩔쩔매지도 않

았다. 오히려 내가 대신 당황스러웠다. 뭐라고 말을 해야 할지 알 수가 없었다. 아무 말도 나오지 않았다. 그러다가 마침내 더듬더듬 내뱉은 것이 이런 멍청한 말이었다.

"어떻게 지내?"

그가 대답했다.

"보다시피, 판촉 활동을 하고 있어."

배신 또 배신

"우리 집안엔 온통 자살한 사람들뿐이야." 에르민 아디이는 툭하면 이렇게 내뱉곤 했다. 폴 르페브르가 그럴 리가 있겠느냐고 항변하며 그 말을 반박하려들 때면 그녀는 이렇게 시시콜콜 예를 들어 보이는 것이었다. 언제나 똑같은 예들이었다.

"우리 아버진 자기 머리에 권총을 들이대고 방아쇠를 당겼다고. 삼촌은 가스 밸브를 열었고."

그리고 그녀는 덧붙여 말했다. 마치 흥미진진한 디테일이나 된다는 듯이.

"그래서 하마터면 건물 전체를 다 날려버릴 뻔했지 뭐야."

그리고 그녀는 말을 계속했다.

"삼촌의 딸은 강물에 몸을 던졌어. 들리는 말로는, 우리 조상들 중 한 사람은, 증조부라던가, 목을 맸다더군."

"그게 다야?"

"잘 찾아보면 또……"

"단 한 번뿐일 때는 비극이야. 하지만 무엇이건 자꾸만 반복되면 언제나 코믹한 효과를 가져오는 법이지" 하고 폴이 잘라 말했다. 달갑잖은 화제는 그 정도로 끝내고 어린 여자친구의 어두운 기분을 씻어주고 싶었던 것이다. 그러나 그 말은 쉽게 상처받는 성격인 그녀의 화를 본격적으로 돋우었을 뿐이다.

"전에 사귀었던 남자는 지붕 위로 올라가 허공으로 몸을 날려 자살했어." 그녀가 상대방에게 최후의 일격을 날리려는 듯 한마디 더 보탰다.

폴 르페브르는 인문학 교사였다. 학생들을 가르치는 것에 대한 열성은 그저 그런 편이었지만 라틴 고전 작가들에 대한 열정은 대단했다. 언어의 순수성과 정확성으로 널리 알려진 저자들 말이다. 그중에서도 타키투스가 으뜸이었다. 그는 또한 '카르타고 사람 키프리아누스' '에스파냐 사람 프루덴티우스' 같은 로마 말기의 작가들에 각별한 취미가 있었다. 이혼하고 아이도 없이 지내던 쉰 살이 넘은 그는 겨우 서른이 될까 말까 한 그 에르민에게 홀딱 빠져버렸다. 그녀는 센 강 좌안의 어떤 사설 극장에서 사무원으로 일하고 있었다. 얼마 전에 남편과 헤어진 그녀는— 유약하면서도 동시에 잔혹하다고 남편을 마구 비난해대지만 그녀는 과연 남편과 헤어지기나 한 것일까?—아주 빠른 속도로 그에게 몸을 맡겼다.

에르민과 폴은 절대로 동거는 하지 않았다. 그녀는 한 번도 그에게 함께 살자고 제안한 적이 없었다. 그는 뤼 드 라 콩방시옹에 있는 그의 조그만 아파트에 그대로 살고 있었고, 그녀 또한 아브뉘 드 베르사유 근처에 있는 자신의 거처에서 살았다. 그녀는 극장의 저녁 공연을 거들어야 하는 경우가 많았고, 또 그다음에는 배우들과의 뒤풀이 자리가 있었다. 반면에 폴 자신은 저녁이면 일찍 잠자리에 드는 습관이 있으니 어쩔 수 없는 일이라고 생각하며 스스로의 마음을 달랬다. 그들이 진짜 함께 사는 것은 여행을 할 때뿐이었다. 그들은 둘 다 외국 여행을 좋아했고 어떤 도시를 새로 발견하고 그 도시의 다양한 동네들을 두루 구경하고 다니거나 강을 따라 걷는 것을 좋아했다. 어디를 가나 늘 강이 있었다. 파리에 그들 두 사람 사이를 갈라놓는 강이 있듯이. 그녀가 열정을 보이는 순간들이 없지는 않았지만 그가 그녀를 완전히 소유하고 있다고 말할 수는 없었다. 그녀에게는 여전히 어딘가 비밀스러운 데가 있었다. 그녀가 화를 낼 때만 예외였다. 아무것도 아닌 일로 그녀는 화를 냈다. 책망은 신랄했다. 심지어 약간 심술 사납다 싶을 때도 있었다. 약간…… 말이 그렇다는 거다. 가끔, 그는 정신을 똑바로 차리고 어린 여자친구의 결점들을 하나하나 꼽아보게 되는 때가 있었다. 그렇지만 그래봤자 어쩔 수가 없었다. 그는 그녀를 사랑하고 있었던 것이다. 그 밖에는 달리 삶의 이유를 찾을 수 없을 정도로 말이다.

어느 날 저녁, 에르민이 자신의 여동생 쥐스틴의 집으로 그를 데리고 갔다. 그녀는 여동생을 언제나 쥐쥐라고 불렀다. 그녀는 백화점의 쇼윈도 장식 일을 하며 모베르 광장 근처에 있는 일종의 아틀리에, 그러니까 로프트에 살고 있다고 자랑스레 말하곤 했다. 폴의 눈에 그 여동생은 언니와는 정반대로 보였다. 에르민은 갈색 머리에 키가 크고 여위었으며 얼굴빛이 까무스름했다. 쥐스틴은, 아니 쥐쥐는 키가 작고 붉은 머리에 약간 땅딸막했다. 같은 부모에게서 어떻게 그토록 닮은 데가 없는 두 딸이 태어났는지 이상할 정도였다.

쥐쥐는 이래도 웃고 저래도 웃었다. 그녀의 쾌활한 겉모습 뒤로 대단히 붙임성 있는 마음씨가 엿보였다. 만날 때마다 그녀는 달려와 폴의 목에 매달렸다. 언니의 말에 따르면 그녀는 오랫동안 어떤 유부남과 사귀었지만 지금은 혼자 지내고 있다고 했다.

"그것 참 유감이네" 하고 폴이 말했다.

"유감이라니, 뭐가?"

인문학 교사는 에르민을 만나기 위해 종종 그녀가 일하는 곳으로 찾아가곤 했다. 저녁 모임은 좋아하지 않았지만 배우들 전용 출입문을 통해 극장 안으로 들어가 어두운 계단을 걸어올라간 다음 무대 뒤를 쓱 훑어보면서 마침내 극단 사무실에 도달하는 것은 재미있는 일이었다. 어느 날 그는 새로 들어온 어떤 직원을 만났다. 수염이 텁수룩한 젊은 남자였다. 에르민이 그를 어정쩡하게 소개했다. 폴의 귀에는 '뤼크 부르기뇽'이라는 것 같기도 하고 '부르뇽'이라는 것 같기도 했다. 그런데 그 젊은이가 또렷하게 하는 말이 이랬다.

"아는 분이시군요. 선생님 학생이었거든요. 라틴문학 과목은 늘 낙제점을 주셨지요!"

그로서는 정말이지 예상하지 못한 만남이었다.

적어도 폴의 입장에서 볼 때는 뜨거운 사랑의 삼 년이었는데 에르민이 갑작스레 통고를 해왔다.

"이제 우리 관계는 성격이 달라져야 해. 난 이제 더이상 당신과 잠자리를 하지 않겠어."

"아니, 왜?"

"이제 그만 됐어."

"난 당신을 사랑하고 있는데!"

"나도 그래, 하지만 사랑하는 방식이 달라."

"하지만 계속 만나긴 하는 거지?"

"바보 같은 소리 작작해."

극적이면서 동시에 예기치 않은 이 장면의 무대는 자동차 안이었다. 긴 침묵이 계속되었다. 들리는 소리라곤 오직 운행중인 자동차들이 웅웅대는 소음, 신호등이 녹색으로 바뀔 때 클러치를 밟아 기어를 넣는 소리, 그리고 열린 차창을 통해서 흘러나오는 라디오의 붕붕대는 소리뿐이었다. 긴 침묵 끝에 무슨 영문인지는 모를 일이지만 에르민이 이렇게 덧붙였다.

"어찌되었건, 난 지금 말도 못하게 절망적이라고."

폴이 에르민을 그녀의 집 앞에 내려주었다. 단 한 번 자동차 안에서 그는 눈물을 흘렸다. 흐느끼는 동안 자꾸만 딸꾹질이 났다. 문득, 아주 어렸을 때부터 지금까지 엉엉 흐느끼면서 울어본 것은 그때가 처음이라는 생각이 들었다.

그가 에르민을 다시 만나고 싶다고 하자 그녀는 전화기에 대고 이렇게 대답했다.

"지금 당장은 안 돼. 여행을 떠나야 하니까."

그리고 더이상 설명하지 않았다.

그다음 일요일, 심심해진 폴은 뤼 드 바빌론에 있는 파고드 영화관으로 영화를 보러 가기로 했다. 매표구 앞에서 줄을 서려고 하는데 때마침 쥐스틴이 지나가는 것이 보였다. 그가 그녀를 불렀다. 그를 알아보자 그녀는 평소와 마찬가지로 반가워하며 활기찬 반응을 보였다. 그는 그녀에게 함께 영화를 보자고 청했다. 하지만 그녀는 그럴 시간은 없으니 잠깐 커피나 한잔하자고 했다. 폴은 영화 보는 것은 포기해야겠다고 생각했다. 그들은 불바르 데 앵발리드의 어떤 찻집으로 갔다. 테라스에 난방이 되어 있어서 따뜻했다. 겨울이었으니까.

자리에 앉자 조급해진 폴은 곧 물어보았다.

"요즘 에르민은 어떻게 지내는지 소식 들었어?"

"요샌 몰라요. 하지만 에르민은 지금 세이셸에 가 있어요."

"세이셸에……"

종업원이 커피를 날라왔다. 쥐스틴은 각설탕 종이를 도무지 벗기지 못해 애를 먹었다.

"제가 이렇다니까요" 하고 그녀가 말했다.

무슨 일로 에르민이 거기 간 거냐고 폴이 물었다. 아마 친구들하고 같이 간 거겠지? 하지만 단체 여행이라면 그녀에겐 잘 어울리지 않는 건데. 그러자 쥐스틴이 말했다.

"아뇨, 세이셸에 뤼크랑 같이 가 있어요."

뤼크랑 같이! 이제야 비로소 그의 모습이 눈에 선하게 떠오른다. 극장 사무실에서 마주친 수염 텁수룩한 그 친구가 아니라 라틴문학이라곤 깜깜이던 그 코흘리개 말이다. 그렇지만 점수를 나쁘게 준 것에 복수하려고 그 녀석이 그에게서 에르민을 채간 건 아니었다! 못된 그녀 쪽에서 먼저 전 애인이 지겨워진 것이었다. 에르민은 누가 유혹한다고 넘어갈 여자가 아니었다. 선택은 그녀가 한 것이었다.

폴은 독약을 삼키듯 자기 몫의 커피를 마셨다. 쥐스틴이 벌써 자리에서 일어났다.

"미안해요, 좀 바쁘다고 말했죠? 지금이라도 영화관으로 가보면 어때요? 아직 영화가 시작하지 않았을 거예요."

그러나 폴은 그냥 집으로 돌아왔다. 아주 잠깐 그는 혹시 쥐스틴이 지금도 여전히 혼자 지내고 있을지도 모른다는 생각을 했다. 하지만 에르민의 배신과 수염 텁수룩한 어린 학생의 모습으로 떠오르는 뤼크 이외에는 도무지 다른 생각은 할 수가 없었다. 자신이 사랑했던 그 키 큰 여자가 쾌락에 못 이겨 몸을 뒤트는 모습이 떠올랐다. 그건 대체 어떤 맛일까, 수염 텁수룩한 사내와 키스하는 것은, 그런 사내가 몸을 핥아주는 것은.

회복은 느렸다. 그러나 다른 많은 정신질환들과는 달리 사랑은 결국 회복이 되는 정신적 혼란이다. 폴은 한때 에르민에 대한 자신의 사랑이 곧 삶의 이유라고 생각했던 적이 있다. 그런데 그녀가 그에게서 삶의 이유를 가져가버렸다. 그래도 그는 죽지 않고 살아 있다. 심지어 그는 그뒤에 그녀가 어떻게 되었는지 구태여 알려고도 하지 않았다.

이삼 년이 지나, 별로 대단한 열정도 느껴보지 못한 채 시시하게 끝나버린 연애 경험을 거쳐 다시 혼자가 된 그는 영화를 보려고 늘 다니던 파고드 영화관에 갔다. 그런데 그 중국풍 영화관에 앉아 있으니, 그의 자리에서 세 줄 앞에 있는 좌석에 다름아닌 뤼크와 쥐스틴이 와서 앉는 것이었다. 그들은 너무나 자신들에 몰두해 있어서 그를 알아보지 못했다. 자리를 잡고 앉자마자 그들은 사랑스러워죽겠다는 듯 시로 부둥켜안았다.

폴은 그들의 눈에 띄지 않으려고 영화가 끝나기도 전에 밖으로 나왔다. 뤼크도 그와 마찬가지로 에르민에게 버림받고 나서 쥐스틴에게서 위안을 찾은 것일까? 그게 아니라 수염쟁이가 먼저 배신하고서 그녀 대신 여동생으로 갈아치움으로써 자신의 전

애인에게 덤으로 상처 하나를 더 안겨준 것일까? 그것도 아니라면 그렇게도 마음씨 착한 쥐스틴 쪽에서 에르민의 애인인 뤼크를 훔쳐간 것일까? 폴은 끝내 그 답을 알지 못할 것이었다. 하기야 그로서는 아무래도 상관없었지만 말이다.

그이를 간호하며

베아트리스 모랭은 저녁 여덟시가 되도록 남편 루이의 침상 머리맡을 지키고 앉아 있었다. 해가 지고 밤이 된 지 벌써 오래 였다. 11월 말경이었던 것이다. 그녀는 16구에 있는 이 노인 요 양병원에서 오후 시간을 줄곧 다 보낸 셈이었다. 남편은 알츠하 이머 증세가 심해져서 이곳에 와 있었다. 정확하게 그 병인지 아 니면 같은 종류의 다른 병인지는 잘 알 수 없으나 결과는 마찬가 지였다. 오늘은 남편이 그녀를 알아보았다. 그래서 그녀는 가지 않고 남아서 음식을 한 술 한 술 떠먹이면서, 매번 "그래 먹어요, 여보, 먹어요" 하고 되풀이해 말했다. 이제 면회 시간이 지났다. 그 여자도 자리에서 일어서지 않으면 안 되었다.

적어도 밖에서 보는 제삼자의 눈에는 루이와 함께 살았던 그 긴 세월이 말할 수 없이 끔찍했다는 게 도무지 믿어지지 않을 지경이었다. 남편이 호메로스 시대 방언의 그 무슨 특성에 관한 분야의 전문가로서 서재에 파묻혀 골똘하게 연구하는 학자라는 명분 때문에 그녀는 오직 아침 일곱시에서 아홉시까지의 식사 시간 이외에는 그에게 말을 건넬 권리가 없었다. 그 시간이 지나면 그는 자기 서재에 들어가 문을 닫아걸었고 아내가 그 안으로 들어가는 것은 금지되었다. 그는 몇 군데 강의를 나갔고 연구 발표회에 참가했지만 아내로서는 발을 들여놓을 수 없는 세계였다. 토요일도 다른 날들과 다를 것이 없었다. 일요일이면 그는 건강을 위해서 몽수리 공원으로 산책을 나갔는데, 그때야 비로소 베아트리스는 남편을 동반할 수 있었다.

집으로 모셔서 식사에 초대하는 손님이라곤 그의 동료들로 한정되어 있었다. 식사 자리는 언어학적인 주제에 대한 실랑이로 떠들썩했다. 심지어 그 유식한 토론에 방해가 될지도 모르기에 가엾은 베아트리스는 부엌 한구석에 가만히 처박혀 있어야 하는 때도 있었다.

남편에게 긍정적인 면이 있다면 무엇을 꼽을 수 있을까? 그는 그녀를 구타하지 않았다.

그녀는 단 한 번도 반항하지 않았다. 단 한 번도 남편과 헤어져야겠다는 생각은 해본 적이 없다. 그녀는 단 한 번도 애인으로 삼을 만큼 다정한 딴 남자를 만나본 적이 없다. 동성 친구도 거의 없었다. 가슴을 터놓고 속내 이야기를 나눌 수 있는 진정한 친구는 하나도 없었다.

그런데 혼미해진 정신은 좌초하고 『일리아드』의 육각시六脚詩 운율 또한 그 무슨 알 길 없는 깊은 바다의 심연 속으로 가라앉아버린 지금, 그는 어린아이나 다름없는 처지가 되었으니 식사도 한 술 한 술 떠먹여주지 않으면 안 되었다. 그런데 지금 베아트리스는 마치 무슨 레테의 약수라도 마신 것처럼(이건 그 유식한 루이라도 부인하지 못할 그리스신화의 암시겠는데), 그녀의 아기이며 연인, 즉 언제나 변함없이 자신을 위해주었던 그 사람에 대하여 솟아오르는 사랑을 주체할 길이 없는 지경인 것이다. 마치 정신적 기능장애로 병을 얻은 쪽은 그가 아니라 그녀 자신인 것처럼, 그녀는 남편에게 말을 건넬 권리마저 박탈당한 채, 신부님 댁에서 일하는 하녀라 해도 견딜 수 없을 밑바닥 신세로 내몰렸던 지난날의 박해를 까맣게 잊어버리고 말았다.

기억에는 두 가지 종류가 있다고 하겠다. 하나는 역사적인 기억으로 일생 동안 살아오면서 배운 것을 간직하는 기능이다. 다른 하나는 감성적 기억으로, 이것은 시시각각 변하고 진화하고 보증이 불가능한 것이다. 그러기에 우리가 어떤 존재에 대하여 느끼는 감정은 우리 자신이 그 모순됨을 의식하지 못하는 사이에 점진적으로 혹은 급작스럽게 변할 수 있는 것이다. 그리하여 사랑이 증오로, 혹은 증오가 사랑으로 변하는 가운데 우리는 지금 당장의 감정에 너무나 강하게 사로잡힌 나머지 그전에 있었던 그 많은 일들의 기억을 까맣게 잊어버린다. 베아트리스의 경우가 바로 그러했다.

11월의 이날 저녁, 그녀는 차마 그를 두고 일어설 수가 없었다. 그렇지만 일어서지 않을 수 없었다. 그녀는 외투를 다시 입고 화장실 거울 앞에 서서 머리에 쓴 베레모를 바로잡았다. 문득 머리를 스치는 생각에 잠시 부끄러움을 느꼈다. "아직은 제법 젊어 보이는걸." 어쩌면 좀 지나치게 마른 것 같다 싶기는 했다. 하지만 그녀는 한 번도 몸이 비대했던 적은 없었다.

그녀는 마지막으로 남편에게 키스를 하면서 정다운 말들을 쏟아냈다. 그녀의 입술에 닿는 그의 뺨이 축축했다. 그가 울고 있다는 걸 알 수 있었다. 둘이 함께 사는 동안 그녀는 한 번도 그가 우는 것을 본 적이 없었다. 심지어 아킬레우스가 방패를 만들면서 덩실거리며 춤을 추는 대목의 해석과 관련하여 다른 그리스

문명 전문가가 그를 몰아세웠을 때도, 그리고 동료 연구자들의 음모 때문에 콜레주 드 프랑스의 석좌교수가 되지 못했을 때도 그는 울지 않았다. 그녀는 마침내 그에게서 벗어나 문을 향해 다가갔고 긴 복도를 지나 정원으로 나섰다. 가로등 불빛이 훤하게 비치는 오솔길의 자갈을 밟다가 발을 삐끗했다. 그녀는 계속해서 혼자 중얼거렸다. "우리 불쌍한 그이, 우리 불쌍한 그이……"

문득 흰 가운을 입은 어떤 여자가 그녀의 앞을 가로막더니 마치 그녀를 붙잡으려는 듯 두 팔을 벌렸다. 그리고 그녀에게 말했다.

"여기서 뭘 하는 거예요! 어서 당신 방으로 돌아가요. 잠자리에 들어 있어야 할 시간이라고요!"

묘지에서

장프랑수아 프리바는 사십대로 기혼자였지만 아이는 없었다. 아내와는 마음이 잘 맞지 않았다. 아내는 잘 지내기 어려운 성격이었다. 아니 어려운 정도가 아니라 아예 불가능했다. 이때 그의 앞에 주느비에브 파생이 다시 나타난 것이었다. 그들은 어렸을 때 서로 아는 사이였다. 부르보네의 같은 마을 태생이었으니 밀이다. 그러나 그들은 이내 헤어저 서로 만나지 못하게 되었다. 엔지니어가 된 그는 파리로 떠나 전기용품 회사에 취직했다. 여자는 결혼하면서 망글롱 부인으로 불리게 되었고 한동안 로렌에 가서 살다가 남편과 함께 파리에 정착했다. 그리고 그녀는 과부가 되었다. 그후에는 어떤 스웨덴 외교관과 사건 적이 있다. 그러나 유식한 그 남자는 늘 가르치려들었고 어느 것 하나 그냥 넘어가는 법이 없었다. 그가 불가리아라던가 아니면 루마니아라던가 잘 알 수는 없지만 하여간 어떤 다른 나라로 전근을 가게 되자 그녀는 남자를 따라가지 않았다.

장프랑수아 프리바와 주느비에브 파생, 아니 망글롱의 재회는 이를테면 우연히, 두 사람이 다 같이 아는 사람들을 통해서 이루어졌다. 그는 조용하고 부드러워 보이는 그 여자와 같이 있으니 기분이 좋았었다. 그녀는 어린 시절의 고향을 생각나게 했다. 그는 그녀를 다시 만나보고 싶었다. 그녀는 하늘과 땅 사이, 그러니까 카르티에 디탈리에 있는 어떤 고층 건물에 살고 있었다. 이내 두 사람 사이의 관계가 시작되었다. 충돌도 미래에 대한 약속도 없는 달콤한 관계였다. 그녀는 소유욕이 강한 가족에 매여 있었다. 장성한 두 아들과 세상 떠난 남편이 첫 결혼에서 얻은 딸이었다. 그리고 남자 쪽에서는 현재의 부부관계를 끊을 용기가 없었다. 솔직히 말해서 그는 자기 아내를 두려워하고 있었다.

장프랑수아 프리바와 주느비에브는 마음 한구석에서 피어오르는 아쉬운 마음을 표시하려는 듯 이렇게 되풀이해 말하며 서로를 달랬다. "정말 애석하네! 이토록 서로 마음이 잘 맞는데 말이야! 그리고 우린 말다툼 한 번 하지 않잖아. 드문 일이야, 남자와 여자가 만나서 한 번도 다투지 않는다는 건 말이야!"

이 년이 지나자 장프랑수아는 더이상 견딜 수가 없었다. 그래서 결정을 내렸다. 그는 폭풍을 정면 돌파하고 아내와 갈라서서 이혼할 생각이었다. 그는 우선 주느비에브에게 마음을 털어놓았다. 그녀는 깜짝 놀라는 것 같았고 그와 동시에 말할 수 없이 행복해하는 것 같았다. 그러나 남자는 자신의 계획을 실현할 시간이 없었다. 그는 아베세A.V.C., 이건 뇌졸중의 음산한 약자지만, 하여간 그걸로 쓰러졌다. 오 주 동안 혼수상태에 빠져 있다가 결국 사망했다. 몽마르트르, 몽파르나스 혹은 페르라셰즈 같은 공동묘지에 미리부터 무덤을 마련해두지 못한 탓에, 아니 그런 지출을 하려고 하지 않았던 탓에, 그의 아내는 그의 시신을 팡탱의 공동묘지로 밀쳐내버렸다. 그리하여 그는 무덤들이 질펀하게 널린 그 광대한 들판 어디엔가로 밀려나 곧 잊혀버렸다.

아니 꼭 그렇게만 말할 수는 없다. 장프랑수아 프리바의 보잘것없는 무덤은 상당히 빈번하게 주느비에브 파생, 아니 망글롱(어느 쪽으로 불러도 상관없겠지만)의 방문을 받았다. 그녀는 언제나 조그만 꽃다발을 들고 와서 시멘트 묘석(그의 아내는 대리석값을 지불할 생각이 없었다)을 걸레로 한 번 쓱 문질렀다. 그러고 나서 그녀는 큰 소리로 말했다. 미처 꽃을 다 피우지도 못하고 베어버린 그들의 사랑을 탄식하는 애도의 말이었다. 그녀는 또 그에게 자기의 삶, 일상생활, 크고 작은 근심들을 이야기해주었다.

그들 두 사람의 삶이 다하도록 그렇게 계속할 생각이었다. 장프랑수아에 대해서는 그의 삶이 다하도록이란 표현이 좀 뭣하지만 말이다. 그러나 세월이 흐르면서 만약 고인이 그녀의 이야기를 들을 수 있었다면 주느비에브가 그에게 들려주는 내용이 변하고 있다는 것을 알 수 있었을 것이다.

그녀는 결혼을 잘못한 아들 때문에 걱정이 많았다. 게다가 남편이 첫 결혼에서 얻은 딸의 딸은—내 말이 무슨 뜻인지 알아듣겠어, 장프랑수아—별 볼 일 없는 배우들로 구성된 어떤 극단을 따라 집을 나가버렸다. 주느비에브는 그녀가 월말이면 생활비가 바닥날까봐 전정긍긍하는 것이나 아닌지 궁금했다. 요컨대 그녀의 집안 이야기는 끝이 없었다. 주느비에브는 차츰차츰 인정미가 덜하고 덜 관대하고 덜 너그러운 모습을 보이게 되었다.

그녀는 한편 단체 여행의 애호가가 되었다. 노년층 그룹과 어울려 아일랜드, 리스본, 페트라, 북부 이집트, 안달루시아 등지로 떠나는 버스, 비행기, 배에 올라탔다. 그리하여 그뒤에 묘지를 찾아올 때면 그 여행 이야기를 잊지 않고 늘어놓았다. 세상을 돌아다니며 본 신기한 광경을 시시콜콜 묘사하는 쪽보다는 여행 중 있었던 자질구레하고 성가신 일들에 대한 이야기가 많았다. 가령 코고는 소리와 기타 몰상식한 소리를 내는 키 작은 부인과 룸메이트가 되어 같은 방을 쓸 수밖에 없었던 경험 같은 것 말이다.

얼마가 지나자 그녀는 늘어놓는 이야기 속에 돈타령을 끼워넣기 시작했다. 그녀는 장프랑수아가 돈 이야기라면 질색이었다는 사실을 기억하지 못했다. 정말이지 그녀에게 그 이야기는 지극히 방대한 주제여서 아무리 해도 끝이 보이지 않았다. 그녀의 남편이 그녀를 해결 불가능한 상황 속에 방치해두고 떠났던 것이다. 여러 해 전부터 그녀는 은행들, 보험회사들, 공증인들, 변호사들 사이에서 몸부림을 치고 있었다. 그리하여 그녀는 매번 새로 취하게 된 조치며 매번의 희망사항과 매번의 실망을 빠뜨리지 않고 보고했다. 그리고 고향 부르보네의 생푸르생에 그녀가 소유하고 있는 포도밭과 관련된 문제도 있었다. 거기에 더하여 파리 시내에 그녀가 소유주로 되어 있는 아파트들이 몇 채 있었는데 거기 사는 세입자들이 툭하면 말썽을 부렸고 한술 더 떠서 끔찍한 공동 소유자 회의며 노동조합들과의 분쟁도 잦았다. 그녀는 자신이 살고 있는 건물의 관리인과 집안일을 도와주는 여자들 때문에 생기는 각종 골치 아픈 일들까지 미주알고주알 주 워섬겼다.

그 이야기를 듣고 있자니, 장프랑수아는(그가 그 이야기를 듣는다고 가정할 때 말이지만) 그토록 부드럽고 그토록 너그럽던 그 여자가 세월이 흐르면서 걸핏하면 앙심을 품고 온통 돈 생각에만 정신이 팔린 꼴로 변한 것을 보고 놀라지 않을 수 없었다. 최악의 경우는, 팡탱 공동묘지 얘기를 늘어놓으면서 그야말로 쓰잘머리 없고 자질구레하기 짝이 없는 것들을 끝없이 주워섬길 때였다. 그녀는 엄밀하게 말해 어떤 흥미를 유발할 수 있는 이야 기와 들어주기 딱 지겨운 일상적 이야기를 분간할 능력이 없는 것 같았다. 이제 보니 이 얼마나 따분한 여자란 말인가! 그가 지금까지 알고 지냈던 여자들 중에서 최악이었다!

관 속에 누운 장프랑수아는 더이상 참을 수가 없었다. 적어도 상상해보자면 그렇다. 저승에서, 아차차 그게 아니라 그가 살아 있을 때 그는 그녀를 사랑했었지만 그녀는 변해버렸다. 그리고 그는 그녀가 어떻게 변할지 알아차리지 못했다. 그런데 대체 어떻게 저 여자 입을 다물게 한다지? '무덤 속에서 돌아눕는다'는 말이 있지만 그건 어디까지나 말장난, 전혀 현실성이 없는 농담 일 뿐이다. 그러니까 저 여자가 그가 좋아했던 주느비에브란 말이지? 팡탱 공동묘지의 음산한 오솔길을 어슬렁거리며 가는 저 여자, 이젠 늙은 노파가 된 저 견딜 수 없는 수다쟁이 여자가? 일찍이 보들레르가 뭐라고 했더라?

"죽은 자들, 불쌍한 죽은 자들은 큰 괴로움을 잔뜩 지고 있나니."

기억상실

아르망 틱시에와 에티엔 파로는 카르티에 드 레콜 밀리테르의 멋진 건물에 자리잡은 어느 공증인 사무소에서 오랫동안 함께 서기로 근무했었다. 이윽고 은퇴할 때가 왔다. 우선 에티엔 파로가 은퇴했고 일 년 뒤에는 아르망 틱시에의 차례였다. 두 번 결혼했다가 두 번 이혼한 경력이 있는 에티엔 파로는 파리의 몽수리 공원 근처에 있는 그의 조그만 아파트에 그대로 머물러 살았다. 그에겐 자식이 없었다. 아르망 틱시에는 아내와 함께 로트 데파르트망의 시골로 물러나 지냈다. 그곳은 그들 부부가 태어난 고향이었다. 둘 사이에는 세 아이가 있었는데 모두 다 지방에 터를 잡았다.

　처음 얼마 동안 그들 두 사람은 서로 인사를 주고받으며 상대가 건강하게 지내는지 묻곤 했다. 그러다가 그만 서로의 소식을 알지 못하게 되었다. 이제 그들은 나이가 아주 많았다. 사촌들 중 한 사람이 죽었다는 소식을 접하자 아르망 틱시에는 하는 수 없이 파리로 올라왔다. 아내가 류머티즘으로 자리보전을 하고 있었으므로 그는 혼자서 길을 나섰다. 한참을 망설인 끝에 그는 옛 동료에게 연락을 해봐야겠다고 마음먹게 되었다. 따지고 보면 연락 못할 까닭은 없지 않은가? 그들은 지난날 함께 몸담고 지냈던 동네에 있는 브르퇴유 광장의 어떤 식당에서 점심을 먹기로 하고 만났다.

　"자넨 지팡이를 짚고 다니는군. 나는 못해. 나도 짚고 다니려고 해보았지만 행동이 굼떠서 자꾸만 지팡이에 발이 걸리는 거야. 그러다간 넘어져서 얼굴을 갈아버릴 것만 같았어" 하고 에티엔이 말했다.

　대화를 시작하면서부터 그는 자기 친구의 성미가 괴팍하게 변했다는 걸 알 수 있었다. 지금의 세상에서는 만사가 그에게 상처만 주는 것이었다. 더이상 자유로운 데가 없었다. 정부, 행정기관 모두가 그를 못살게 굴 뿐이었다. 도처에 컴퓨터, 인터넷이 깔려 있어서, 숱한 카메라들은 말할 것도 없고, 매 순간 감시당

하는 처지였다. 이건 그야말로 독일군 점령 시대로 되돌아온 느낌이 아니고 뭔가 말이다. 그가 불평을 쏟아내는 동안 차츰차츰 파로의 마음속에서는 과연 괴팍하다는 표현만으로 아르망 틱시에의 전에 없던 이 성질을 규정하기에 충분할까 하는 의문이 일었다. 이 친구가 어쩌면 파라노이아 환자가 된 것인지도 모른다는 생각이 들었다. 분노에 사로잡힌 친구는 자신의 끝없는 장광설을 결정적인 한마디로 매듭지었다.

"나 같으면 우리 위에 군림하면서 제멋대로 구는 그 모든 작자들을 길거리로 내보내서 강제노동을 시키겠어."

"그건 좀 시대에 뒤떨어진 방법 아니겠어?" 하고 파로가 이의를 제기했다.

"말하자면 그렇다는 거지. 하지만 내 생각이 어떤지는 잘 알겠지?"

그들은 이제 막 햄과 감자 퓌레 요리를 다 끝낸 참이었다. 나이가 나이인지라 먹는 것을 절제하지 않으면 안 되었다. 하지만 포도주 한 잔쯤은 해야지. 뚱뚱한 체격의 여종업원이 식사를 끝낸 그릇을 치우고 디저트를 날라왔다. 크렘 브륄레였다. 에티엔 파로는 그 기회를 이용해 대화의 흐름을 바꾸었다. 상대의 기분을 다독거려보려는 생각에서 그는 지난 시절 쪽으로, 그들이 젊은 날을 보낸 공증인 사무실 시절 쪽으로 말머리를 돌렸다. 공증인 사무실의 서기 생활은 오히려 따분한 기억을 되살리는 편이다. 그러나 때때로 남자 여자 합해서 한 삼십 명 정도 되는 그 작은 세계 속에서 재미있었던 적도 없지 않았다. 아르망 틱시에는 난처한 분위기에서 벗어날 수 있도록 친구가 마련해준 기회를 용케 붙잡는 것 같았다. 그가 말했다.

"자네 아니 졸랭 기억나나?"

"왜? 그 여자가 죽었어?"

"나야 모르지. 내 말은, 자네 혹시 그 여자가 자네만 보면 불쾌해서 견딜 수 없어했던 것 기억나? 그 여자는 자네가 여자면 누구든 가리지 않고 따라다니며 치근대는데 그게 아주 역겹다고 말하곤 했잖아."

"난 여자들 뒤를 따라다니며 치근대지 않았어. 친절하게 대했을 뿐이야."

"그럼 자네가 어떤 여성 고객을 유혹했던 일은? 직업상의 유책 사유에 해당돼. 하마터면 바라쿠다가 자네를 해고할 뻔했잖아."

'바라쿠다'는 사무실 직원들이 자기들 보스에게 붙인 별명이었다. 그 단어의 음성학적 특징 때문에 선택한 별명으로 어떤 이들은 세번째 음절에 악센트를 넣어 발음하기까지 했다.* 그러나 보스는 어디로 보나 그 커다란 물고기와는 닮은 데가 없었다. 덩치는 조그맣지만 걸핏하면 흥분하고 벌컥벌컥 화를 내는 이 인물을 보고 있노라면 이렇게 빈약한 몸뚱이에서 어떻게 그런 에너지가 발산되며, 파리 장안에서도 한가락 하는 공증인이 흔히들 그런 신분의 인사에 대해 품게 되는 선입견과는 어째서 그토록이나 거리가 먼 인상인지 늘 의문을 갖지 않을 수 없었다. 그의 아들이 대를 이어 후계자가 되면서 비로소 규범에 걸맞게 되었다. 그는 키가 큰데다가 건장하고 배도 좀 나와서 위엄까지 풍겼다.

과거를 들춰내며 회상하는 대화는 여기까지였다. 아르망 틱시에는 또다시 나라를 다스리는 사람들이 최근에 보여준 비열한 짓거리들에 대한 화제 쪽으로 내달았다. 커피가 나올 때가 되어, 그는 심장이 안 좋기 때문에 보통 커피는 마실 수가 없는지라 디카페인을 받아놓은 참이었는데, 한동안 자신의 비관적인 심사를 실컷 쏟아내놓고 나더니 상대방을 빤히 쳐다보면서 딱 부러지게 말했다.

---

* 바라쿠다는 거대한 육식 물고기로, 아래턱이 발달하고 갈고리 모양의 이빨을 지니고 있어서 종종 다이버들을 공격하곤 한다. 세번째 음절의 '쿠cu'는 발음상 엉덩이, 혹은 구어로 여자의 성기를 의미하는 비속어 '퀼cul'를 연상시킨다.

“릴라는 자네한테 홀딱 반해 있었지.”

“릴라가?”

“릴라 페를뮈터가.”

“릴라 페를뮈터가?”

“잘 알면서. 그런데 그와 반대로 그 여자한테 나 같은 건 아예 존재하지도 않았어.”

아르망 틱시에는 질투하는 거였을까? 해묵은 질투가 되살아났던 것일까?

점심식사를 끝낸 다음 옛 친구 두 사람은 헤어졌다. 한쪽은 지팡이를 짚고, 다른 한쪽은 지팡이 없이. 그들은 언제 다시 만나게 될 것인가? 아마도 다시는 만나지 않을 것이다. 나이가 나이니만큼……

며칠이 지난 뒤 에티엔 파로는 옛 동료가 말하고자 하는 것이 대체 무엇이었는지 의문이 생겼다. 릴라 페를뮈터라니. 그 이름은 기억났다. 그러나 그 여자 자체는…… 무진 애를 쓰고 나서야 비로소 그녀의 사무용 책상이 어느 것이었는지 생각해낼 수 있었다. 통로 저 안쪽, 그 자신의 자리가 있는 줄과 직각을 이루며 교차하는 통로 쪽에. 그들은 같은 층인 4층에 있었다. 거기가 사무원들이 일하는 층, 그러니까 최말단 사무원들의 층이었으니

까. 일급 사무원들은 그 위층, 즉 바라쿠다와 지근거리인 귀족층
에 자리하고 있었다.

그녀의 얼굴 모습이 떠올랐다. 그 일부분만. 키는 그다지 크지
않고 호리호리한…… 호리호리했던가 아니면 말랐던가? 갈색
의 곱슬머리. 길이는 중간 정도. 눈 색깔은? 눈이 어떤 색깔이었
는지 딱히 꼬집어 말할 수가 없다. 하기야, 안경을 쓰고 있었으
니까. 그녀의 목소리는? 얼굴 모양에 대한 기억은 둔하지만 청각
적 기억은 좋은 편이었다. 그는 여러 해 전, 수십 년 전에 알았던
사람들에 대해 그 음색이나 억양을 고스란히 기억했다. 그들에
대해 그의 머리에 가장 생생하게 남아 있는 것이 바로 그것이었
다. 보스의 그 코맹맹이 소리가 바로 그랬다. 그러나 릴라 페를
뮈터의 목소리는…… 까맣게 잊고 말았다.

그는 그들의 관계가 어떤 것이었는지 알고 싶었다. 일 문제가
아닌 것에 대해서도 서로 이야기를 나누곤 했는지, 함께 나가서
커피를 마시기도 했는지. 기억을 되살리려고 애를 쓸 때마다 정
확하게 누군지 확실히 알 수 없는 어떤 다른 사람의 모습이 불쑥
나타났다가는 곧 그 실루엣이 지워져버리곤 했다. 어떤 동료인
것 같은데 그 이상은 알 길이 없었다. 그러나 릴라 페를뮈터는
아니었다.

여러 날이 지나갔다. 갑자기, 잠 못 이루는 한밤중에, 어떤 추억이 불쑥 솟아났다. 정확한 일화로 세세한 것들이 시시콜콜 되살아났다.

릴라와 그는 같은 사안을 처리하기 위해 일한 적이 있었다. 대단히 복잡하면서도 지체 없이 해결해야 하는 회사 청산 절차였다. 편협하고 좀스러운 고객과 함께 그들은 사무실 마감 시간이 지나도록 일을 하지 않으면 안 되었다. 그의 기억에 따르면 때는 우중충하고 축축한 12월의 어느 음울한 하루가 끝나갈 무렵이었다. 하지만 어느 방에서 그 작업을 했던 것일까? 회의실에서 널찍한 테이블에 서류들을 잔뜩 늘어놓고서? 그의 사무실에서? 통로 저 안쪽에 있는 릴라의 사무실에서? 그들이 일을 하고 있을 때 청소하는 여자가 이 방 저 방을 부산하게 돌며 일하는 소리가 들렸었다. 고객이 사무실을 떠난 것은 저녁 아홉시가 넘어서였다. 릴라는 자기 외투와 머플러를 찾으러 나갔다. 그렇다면 함께 모여 일한 곳이 그녀의 사무실이 아니었다. 그녀는 회사 건물의 출입문 가까운 현관에서 에티엔과 다시 합류했다.

그때 그는 아이디어를 내어 제안했다.

"우리 같이 나가서 뭘 좀 먹을까? 내가 살게."

그가 이런 제안을 했을 때는 그녀가 혼자 사는지 아닌지 알고 있었고 그녀의 사생활에 대한 최소한의 정보를 가지고 있었던 것이 분명하다. 지금은 그런 것에 대해서 아무것도 기억나는 것이 없었다. 그러나 지금도 잊지 않고 있는 것은 그때 그녀가 한 대답이었다.

"안 되겠어. 오늘은 키푸르*여서 금식해야 하는 날이거든."

"하지만 금식 시간이 지났잖아!"

그러자 그녀는 또다른 구실을 댔다.

"사는 데가 멀어, 르발루아야."

그리고는 재빨리 사라져버렸다.

그는 혹시 다른 어떤 일이, 릴라가 관련된 어떤 다른 말썽이 있었는지 골똘히 생각해보았다. 도무지 생각나는 게 없었다. 그런데 저 미치광이 같은 틱시에는 그녀가 그에게 홀딱 반해 있었다고 우기는 것이었다!

릴라에 대한 다른 기억이 아무것도 떠오르는 것이 없자 그는 자신의 기억력 지체에 대해 화가 나기 시작했다. 그가 일생 중 가장 많은 시간을 보낸 그 공증인 사무실에서 그에게도 몇몇 연애 사건이 있었다. 그는 얼굴들, 이름들, 몸들, 섹스 장면들을 떠

---

* 유대교에서 일 년 중 가장 성스러운 속죄의 날로 금식이 원칙이다.

올려보았다. 그런데 어떤 여자의 실루엣이 어렴풋이 떠오르는가 싶으면 마치 수증기가 서린 유리창에 그린 덧없는 그림처럼 금방 사라져버리는 것이었다. 그리고 주마등처럼 지나가는 성姓들, 또 성들! 심지어 이름들마저 사라져버리고 생각나지 않았다! 그는 공황상태에 빠지지 않으려고 무진 애를 썼다. 과거의 가장 기분 좋았던 순간들, 가장 진한 관능적 쾌락과 때로는 그 이상으로 열정의 폭발을 함께 나누었던 여자들을 머리에 떠올리면서 기분 전환을 할 수도 없다면 그토록 오랜 세월 살아왔던들 무슨 소용이 있겠는가? 그때그때 기록을 하고 명단을 작성하고 그 친구 말마따나 무슨 목록표라도 작성해두었어야 하는 걸 그랬다. 이런 재난을 당하게 되고 보니 그가 자신의 과거를 망각해버린 게 아니라 그의 과거가 그를 망각해버렸다는 느낌이 들었다. 그러자 그는 지금까지 헛살았다는 생각마저 들었다.

짧은 이야기 긴 사연

문득, 내가 왜 이런 이야기를 하는 거지, 하는 의문이 생긴다.
훌리오 코르타사르, 『처녀의 아들들』

그녀는 아르헨티나로 이민을 갔다가 다시 프랑스로 돌아온 베아른 지방* 집안 출신이었다. 한 재산 모아 가지고 돌아온 집안? 어느 모로 보아도 그런 것 같지는 않았다. 또한 그녀는 자신이 17세기 베네치아의 유명한 작곡가의 후손이라고 주장하기도 했다. 하기야 아르헨티나에는 이탈리아계 사람들이 많은 것이 사실이다.

그녀는 갈색 머리, 검은 눈동사에 피부는 미치 늘 햇볕에 그을린 것처럼 까무스름했다. 입술은 한번 보면 결코 잊을 수 없는 미소를 지어 보이기 위해서 빚어진 것만 같았다. 부에노스아이

---

* 에스파냐에 인접한 피레네 산록의 옛 지방으로 오늘날 프랑스의 피레네아틀랑티크 데파르트망의 동부 지역에 해당한다.

레스 거리에서 흔히 볼 수 있는 그런 섬세한 실루엣이었다.

그녀에게는 언니가 하나 있었는데 금발이었다. 그리고 남동생도 둘이나 있었다.

그녀는 한 번도 자신의 아버지 얘기를 하지 않았다. 죽었을까? 집을 나갔을까? 그녀의 어머니는 포[*]의 주택가에서 민박집을 하고 있었다.

"인간들은 어떤 시작을 꾸며대지 않고는 아무것도 하지 못한다"고 조지 엘리엇은 말했다. 이들 두 사람의 이야기의 시작은 어떤 것이었을까? 아마도 이랬을 것 같다. 그들은 늙은 처녀들이 운영하는 학교의 저학년 교실에서 만나 함께 공부하며 지냈다. 그가 이 초년기의 학급에서 언제나 우등상을 독차지하지 않았더라면 그들은 이 시절에 대해서 아무런 기억도 간직하지 못했을 것이다. 그의 기억에 따르면 그녀는 품행상을 받은 것이 전부일 뿐 다른 상은 받지 못했던 것 같았다.

그들이 서로를 정말 잘 알게 된 것은 청소년기에 이르러서였다. 부잣집 아들인 뚱보 레옹이 자기 집 다락방을 정리해놓고 사내애 계집애 친구들을 불러모았다. 부모님의 심기를 불편하게

---

* 베아른 지방에 있는 도시.

하는 일이 없도록 특별히 엄선한 친구들이었다.

그들은 이 모임을 '클럽'이라고 불렀다. 그들은 음악 감상을 했다. 대개는 레 방튀라, 아르헨티나 탱고, 그리고 쿠바의 룸바 같은 종류의 레코드였다. 장소가 다락방인지라 춤을 추기에는 너무 좁았다. 〈라 콤파르시타〉〈아디오스 무차초스〉 같은 탱고 음악은 그들의 '클럽'과 벽에 붙여놓은 '클럽' 친구들의 스포츠 사진들과 영화 포스터들과 우정과 싹트는 사랑, 그런 모든 것이 머지않아 한낱 과거에 불과해질 것임을 미리부터 말해주고 있었다. 그 탱고 음악의 가사를 통해서 우리는 벌써부터 우리를 기다리고 있는 미래가 어떤 것인지를 알고 있었다. '아디오스 무차초스(친구들아, 안녕히)'……

그가 사는 집은 하천 위 다리를 건너면 나타나는 첫번째 집이었다. 그보다 몇 년 앞서, 유년기와 풋내나는 소년기에 그 뚱보 레옹은 이미 당시의 조무래기 친구들을 끌어모아 전기기차 놀이를 하거나 파테 베이비 영사기*로 채플린과 맥 세넷의 코미디 영화를 감상하곤 했다.

가끔, 하루해가 저물어갈 무렵이면 사내애 계집애 친구들이

---

* 1922년 샤를 파테가 9.5밀리 필름을 감상할 수 있도록 상품화한 소형 영사기.

도청 앞에 모여서 파세오*를 했다. 그들은 서로 교차하기도 하고 갔던 길을 되돌아오기도 하면서 놀았다.

'클럽'에서 가장 중요한 두 사내아이는 뚱보 레옹의 왼팔 오른팔 역할을 하는 파브리스와 장이었다. 다른 아이들은 부차적인 동무들이었다. 아주 어린 나이 때부터 우리 시골 부르주아지 계급은 서열에 매우 민감했다.

그 서열로 볼 때 그녀는 우리 '클럽'에서, 아니 우리 도시 전체에서 가장 아름답고 가장 인기 있는 여자아이였다.

그녀는 파브리스와, 그리고 그녀의 언니는 장과 '짝꿍'이었다. 청소년기의 사랑이었다. 지금 당장은 이 모든 아이들이 아직 동정이었다.

그들은 사진을 좋아했고 자기들이 직접 인화를 했다. '클럽'에는 조그만 암실이 갖추어져 있었던 것이다.

어느 날 자기 여자친구를 그곳으로 데리고 가서 옷을 들추고 벌써 그 모양이 제법 갖춰진 젖가슴을 만져볼 수 있게 된 파브리스는 잔뜩 허풍을 떨어가며 그 일을 마구 떠벌렸다. 그것은 그저 키스하는 것과는 다른 것이었다. 이를테면 그는 이제 막 거의 초

---

* 'paseo'는 에스파냐어로 산책을 의미하는데, 여기서는 투우 경기 시작 때 보여 주는 일련의 행진을 본떠서 아이들이 놀이 삼아 해본 일종의 '행진'을 가리킨다.

인적인 시련을 극복하고 난 참이라고 해도 좋았다.

그들은 또한 아마추어 영화도 촬영했다. 파브리스는 나중에 자기는 영화감독이 될 거라고, 그리고 장은 미남이니까 스타가 될 거라고 생각했다.

사진 속에서 그렇듯 그녀는 그 영화들 속에서도 늘 미소를 짓고 있었으며 언제나 최고의 미녀로 나왔다.

한편 그는 어떠했는가 하면, 몇 장의 사진들을 버리지 않고 일생 동안 줄곧 간직하고 있었다. 마치 그 옛날에 그런 것이 존재했었다는 사실의 증거나 된다는 듯 대개는 '클럽'의 다락방, 혹은 어떤 공원이나 정원에서 찍은 사내아이들, 계집아이들의 단체 사진이었다.

'클럽' 회원 이외에도 그에게는 두셋의 친구들이 있었다. 그는 그 친구들에게 끊임없이 그녀에 대해, 그녀의 미모와 빼어난 매력에 대해 이야기했다. 친구들은 들은 체도 하지 않고 매몰차게 굴었다. 그냥 여자애일 뿐이잖아, 그래서 어쨌다는 거야……

어느 날 그의 어머니가 그에게 말했다.

"오늘 저녁에는 그 '클럽'이란 데 가서 놀지 않았으면 좋겠구나. 할머니가 돌아가셨다는 기별이 왔어."

패거리 중 일부, 특히 파브리스, 장, 그리고 두 자매는 콜리우르*에 가서 여름을 보냈다. 그런데 그는 그들과 함께 그곳으로 갈 생각도 할 수 없었으니 그것도 낙심되는 일들 중 하나였다.

돌아와서 파브리스는 자기 여자친구가 바람기가 있는지 나이 많은 이십대 남자들이 가자고 하면 덥석 따라가더라면서 투덜댔다. 위험한 건 차치하고라도 추잡한 짓이지 뭐냐는 것이었다.

그는 줄곧 어떤 옛 친구와 만나고 있었다. 어릴 적 친구로 '클럽'에는 속하지 않은, 앙투안이라는 아이였다. 그들은 둘도 없는 단짝인 두 여자아이에게 관심을 가지고 접근하기 시작했다. 그 여자애들은 둘 다 이름이 엘리즈여서 자기들 스스로 서로를 구별하기 위해 한쪽은 리제트, 다른 한쪽은 리종이라고 이름을 바꾸어 불렀다. 리제트가 먼저 앙투안을 유혹하자 리종도 질세라 그에게 눈독을 들였다. 리종은 진한 금발이었다. 그녀의 어머니는 폴란드 출신이었고 아버지는 나이 많은 프랑스 군인이었다. 그는 무의식중에, 심지어 때로는 아주 또렷하게 의식하면서, 앙투안과 리제트, 그와 리종, 이렇게 이루어진 사인조는 그들보다 말할 수 없을 만큼 더 멋진 '클럽'의 사인조, 즉 파브리스, 장, 저기막힌 갈색 머리와 그녀의 금발 언니를 대체할 수 있는 관계라

---

* 에스파냐 국경에서 그리 멀지 않은 지중해 연안의 중세 도시로, 20세기 초 앙리 마티스, 앙드레 드렝 같은 야수파 화가들이 찾아와 그림을 그린 곳으로 유명하다.

고 간주하고 있었다.

그가 막 대입자격증을 획득했을 때 그의 부모님이 그만 모진 불운을 맞았다. 그 바람에 가정이 풍비박산되었다. 아버지 어머니는 파산과 수치를 맛본 그 도시에서 멀리 떨어진 어딘가로 각자의 길을 떠나버렸다.

그는 공부를 계속하기 위해 아이들의 자습 감독 자리를 얻어 생활비를 벌지 않으면 안 되었다. 그래서 일자리가 있는 곳으로 떠나야 했다. 리종은 이 기회를 틈타서 그를 버렸다. 며칠 동안 그는 말할 수 없이 불행했다. 심지어 엉엉 흐느껴 울기까지 했다. 마치 다시금 어린아이가 되어버린 것처럼, 어머니 코앞에서도 흐느껴 울었다. 두고두고 창피한 마음을 금할 길이 없었다.

그는 프라드에 있는 어느 사립 초등학교에서 복습교사를 구한다는 공고를 보고 지원했다. 피레네산맥의 반대쪽 끝에 있는 그곳으로 떠날 때 그는 먼 곳으로 쫓겨가는 것만 같은 기분을 어찌할 수 없었다. 오랜 세월이 지난 뒤에야 비로소 고향에 대한 향수가 좀 가라앉았다.

어떤 친구로부터 편지 한 장만 받아도 그는 새로운 생명을 얻은 느낌이었다. 그러나 친구들은 게으르거나 아니면 그를 쉽게 잊은 모양이었다. 편지가 오는 일은 드물었다. 가끔 파브리스가 그에게 편지를 보내곤 했다. 그는 실현 가능성도 별로 없는 어떤 영화 한 편을 준비하고 있었는데 그 시나리오 때문에 도움을 받고 싶었던 것이다. 그 편지를 보내면서 그는 자신의 연애 문제들에 대해서도 길게 늘어놓았다. 마치 그를 〈마리 클레르〉의 연애 상담 코너쯤으로 여기는 눈치였다. 그는 이따금씩 지난날 '클럽' 시절의 옛 여자친구에 대한 이야기를 내비치면서 그녀가 자기와 다시 시작해보았으면 하는 눈치지만 정말이지 자기는 이제 더이상 그러고 싶지 않다고 했다.

1939년 7월 어느 날, 그는 또 그녀 얘기를 꺼내면서 "한 가지 슬픈 소식"을 전했다. 두 자매, 그러니까 그 갈색 머리와 금발이 심각한 사고를 당했다. 전신주를 들이받았는데 전선이 그들의 자동차 위로 떨어진 것이다. 금발 쪽은 다치지 않았는데 갈색 머리 쪽이 감전되었다. 그녀는 며칠 동안 의식을 잃고 있다가 깨어났다. 그러나 말을 못하는 벙어리가 되고 말았다.

그는 심리학을 공부하기 시작한 참이었는데, 프로이트와 스테켈에게 있어 벙어리란 다름아닌 죽음의 상징이라는 사실을 알게 되었다.

우연의 일치로, 같은 무렵에 뚱보 레옹 역시 자기 아버지의 자동차인 대형 뷰익을 운전하고 가다가 사고가 났다. 여러 군데 골절상을 입었다.

옛 친구들은 뿔뿔이 흩어졌다. 벙어리가 된 그 여자는 어딘가에 틀어박혀 외롭게 지낼 거라고 그는 상상했다.

9월에 전쟁이 터졌다. 그는 징집당할 테지만 그게 정확히 언제가 될지는 알 수 없었다. 그때까지 그는 어머니 집에 머물러 있었다. 어머니는 이제 상당히 가까운 도시에 살고 있었다. 40킬로미터쯤은 자전거로든 버스로든 아무것도 아니었다. 무엇 때문에 그는 그 자신의 표현처럼 순례의 길과도 같은 그 길을 자꾸만 오고갔던 것일까? 그저 향수 때문이었다.

몇 번 그렇게 오고가는 일이 있은 후 그는 마침내 그녀를 찾아가보기로 마음먹었다. 그가 그녀의 집을 찾아간 것은 그때가 처음이었다. 아파트는 시내 중심부에 있었다. 민박집은 팔리고 없었다.

그녀는 그를 다시 만나서 반가운 모양이었다. 그는 다시 미소를 되찾았고 그녀는 종이에다가 '정말 반가워'라고 썼다.

그가 기억하기로 그 첫 만남 때 그녀는 혼자뿐이었다. 그럼 그녀의 어머니는, 금발의 언니는, 그리고 두 남동생은?

그는 자신이 그녀에게 무슨 말을 했었는지 더이상 기억나지 않았다. 하지만, 그녀가 벙어리가 되고 그가 이따금씩 그들의 옛 도시로 그녀를 만나러 찾아가곤 했던 그 무렵만큼 그들 두 사람의 뜻이 잘 맞았던 적은 한 번도 없었던 것 같았다. 그녀는 그가 하는 말에 열심히 귀를 기울였고 종이쪽에다 몇 마디씩 끄적이며 그에게 대답해주었다.

나중에 그는 그 종이쪽들을 차곡히 모아 잘 간직해두지 않은 것이 후회되었다.

그는 그들이 아주 어렸을 때 늙은 처녀들인 마리 선생님과 테레즈 선생님 밑에서 늘 함께 지냈던 시절을 되살려보려고 애썼다. 그는 마리 선생님 쪽이 마음씨가 부드러워서 더 좋았다고 말했다. 그러나 그녀는 그런 화제에 별로 흥미를 보이지 않았다.

그래도 그는 혹시 그녀의 관심을 끌지도 모른다는 생각에 학교 때의 추억 한 가지를 이야기했다. 그의 본의 아닌 잘못으로 인해 생긴 어떤 사건에 대한 것이었다.

"우리집에는 폭스테리어 종 강아지가 한 마리 있었어. 이름이 리타였지. 난 그 강아지를 몹시 좋아했어. 그런데 어느 날, 이걸 어떻게 설명하면 좋을까? 놀랍게 발달한 강아지 특유의 후각 덕분이랄까? 이놈이 집에서 도망쳐나와서 학교 가는 길을 어떻게 찾았는지 우리 교실로 불쑥 뛰어들어온 거야. 그런데 마치 그게 내 잘못이기라도 하다는 듯 야단은 내가 맞았지 뭐야. 그래도 난 울지 않았어."

그녀는 그 사건을 전혀 기억하지 못하고 있었다.

어릴 적에 지냈던 도시를 잠깐씩 찾아가곤 하던 그는 어느 날 우연히 고등학교 교장선생님과 마주쳤다. 선생님은 그에게 무엇을 하며 지내느냐고 물었다.

"뭐 별로 하는 건 없어요. 징집영장이 나오길 기다리는 중입니다."

"내가 지금 복습교사를 구하는 중인데. 영장이 나올 때까지 그 일을 하면 좋겠군."

그는 이거야말로 뜻하지 않은 기회라는 생각이 들었다.

"일단 신청서를 내면 내가 밀어주겠네" 하고 교장선생님이 말을 맺었다.

교장이 아마 그를 어지간히도 강하게 밀어준 모양이었다. 그는 보르도의 몽테뉴 고등학교로 발령을 받았다. 성공이었다! 전쟁터로 나가기까지 남은 몇 주일 동안 그는 복습교사 노릇을 하게 될 참이었다! 사실, 그 아키텐 레지옹에서의 짧은 체류는 제법 유쾌한 시간이었다. 그는 그곳에서 새로운 친구들을 사귀었다.

그랑 테아트르 극장 옆에서 그는 러시아 식료품점 하나―건물 전면에 달아놓은 '수오미'*란 간판이 말해주듯이 사실상 그건 핀란드 가게였다—를 발견했다. 가게 주인은 보기만 해도 기가 죽을 정도로 거인이었다. 그의 기억에 의하면, 무슨 까닭인지는 알 수 없지만, 그녀는 러시아 것이라면 뭐든 다 좋아했다. 봄방학 때—아마도 민간인 신분으로 지낸 마지막 시간이었을 것이다— 그는 그 가게로 가서 부활절 케이크를 사들고 그녀를 찾아갔다. 그녀가 기뻐하며 그 마음을 예의 그 종이쪽지에다 표현했다.

베아른, 아르헨티나, 이탈리아, 그리고 러시아적 세계에 끌리는 열정, 이렇게 라벨도 다양한 그녀의 이국 취미는 또하나의 부가적인 매력이었다. 그녀의 러시아 마니아적 성향 이야기가 나왔으니 말이지만, 그는 그녀가 여전히 종이쪽에다 글씨를 획획 써 곤차로프**와 페체르스키***가 누구냐고 물었을 때 여간 놀란 것이 아니었다. 당시 그는 그런 인물들에 대해서는 아무것도 아는 바가 없었다. 그는 한번 알아보겠다고 약속했다. 구교도들에 대한 두꺼운 소설책들을 쓴 페체르스키에 대해 과연 누가 그에게

---

* Suomi. 핀란드의 별칭.

** 이반 곤차로프(1812~1891). 러시아의 소설가. 철저한 사실주의가 특색으로, 대표작에는 『오블로모프』가 있다. '오블로모프'는 주인공 이름이기도 한데 러시아 문학의 신화적 인물로 떠올랐다.

*** 19세기 러시아 작가 파벨 이바노비치 멜니코프(1818~1883)의 필명. 볼가 지방을 그린 소설 『숲속에서』로 알려져 있다.

이야기해줄 수 있었을까?

그러나 그는 그녀 덕분에 장차 저 잊을 수 없는 오블로모프를 발견하게 될 참이었다는 것은 분명히 말할 수 있었다.

시간이 날 때마다 그가 그녀를 만나러 가곤 하는 일은 오래 계속되지 못했다. 부활절 케이크를 맛보고 난 지 얼마 되지 않아 그는 징집되어 전쟁의 흐름에 내맡겨진 몸이 되었다.

여러 달이 흘렀지만 그는 아무 소식도 들을 수 없었다.

그는 한동안 북아프리카에 가 머물게 되었다. 거의 사하라 사막 한복판이라 해도 좋을 그런 곳이었다.

옛 친구가 어쩌다가 한 번씩 보내주는 편지 덕분에 그녀가 다 나았으며 결혼했다는 사실을 알게 된 것은 바로 그곳에서였다.

전쟁이 있었고 마침내 전후의 시기가 찾아왔다. 그는 기자가 되었다. 그 역시 결혼했다. 몇 달이 지나자 그는 자기가 일생 최악의 어리석은 짓을 저질렀다는 사실을 깨달았다. 일에 푹 빠져들다보니 자연히 아내에게는 무심해졌다. 현장 취재를 나가지 않을 때는 신문사에서 밤을 보냈다. 아내에게 애인이 생겼다. 그녀는 남편을 버리고 그 남자를 택하려는 것일까? 그녀는 깊이 생각해보려고 지방에 사는 부모님 댁으로 떠났다.

바로 그 무렵에 사무실 사환이, 어떤 부인이 찾아와 좀 만났으면 한다고 그에게 알려왔다.

방문객이 기재한 면회카드를 보자 그녀임을 알 수 있었다. 결혼한 뒤에 얻어 가진 남편의 성이 아니었다. 아마도 그가 자기 남편의 성을 알지 못한다는 점을 생각해서 적어넣은 것 같았다. 그녀는 처녀적 성을 기입해놓은 것이다. 그가 오래전부터 언제나 그녀를 생각할 때면 마음속에 떠올리는 그 성을.

지금 그가 무엇을 하고 지내는지, 그가 신문사에 다니고 있다는 것을 그녀는 어떻게 알았을까?

그녀의 미소는 변함이 없었다. 관자놀이에 작은 흉터가 하나 보였다. 그녀의 목소리, 새로 듣게 된 그 목소리는 전보다 더 탁했고 약간 머뭇거리는 것 같은 인상을 주었다. 그는 전에, 그러니까 그녀가 벙어리가 되어 말을 못하던 시기 이전에 그녀의 억양이 어떠했던가를 기억 속에 되살려보려고 애를 썼다.

그녀는 지금 빈에 살고 있다고 알려주었다. 남편이 점령 지역인 오스트리아 주재 프랑스 행정기관에서 일하고 있었다. 그녀는 파리에 잠깐 들른 것이었다.

만남은 이 정도로 마무리해야 될 형편이었다. 신문사 일이 바빠서 더 지체할 수가 없었다. 그렇지만 그들은 서로에게 하고 싶은 이야기가 너무나 많았다! 그들은 오후 일이 끝나고 난 뒤 오데옹 근처에 있는 어떤 카페에서 다시 만나기로 했다.

빛이 어둑하게 비치는 카페 안쪽의 긴 의자에 나란히 앉아서 그들은 가슴속에 묻어두었던 이야기를 주고받았다. 그들은 '클럽'이나 그들의 어린 시절에 대해서는 말하지 않았다. 얼마나 아득한 옛일인가! 그건 현재의 삶과는 아무 관계가 없었다.

입을 뗀 쪽은 그녀였다. 그녀의 집안은 만사가 잘못되어가고 있었다. 그녀의 어머니, 그녀의 표현처럼 태후께서는 암으로 사경을 헤매고 있었다. 금발의 언니는 어떤 미치광이와 결혼했다. 진짜 미치광이여서 정신병원에 넣는다는 말이 나오고 있었다. 그러나 근본은 착한 사람이라 그녀 쪽에서 그를 버린다는 것은 생각도 못할 일이었다. 그녀의 남동생들은 곤란한 처지에 놓여 있었다. 전쟁 동안 의용경비대, 즉 친독의용대에 가담했기 때문이었다.

그녀는 빈에 살 때 자신은 음악에 열광적으로 빠져 있었노라고 말했다. 오페라하우스가 신축되었던 터라 꽤 자주 관람하곤 했다는 것이었다. 고등학교에 다닐 때는 성적이 형편없었고 독서에도 별로 취미가 없었는데(그렇다면 곤차로프니 페체르스키니 하는 건 다 뭐란 말인가?), 반면에 오페라는 대단한 세계의 발견이었다고 했다. 빈 덕분이었다. 그녀는 분명히 말했다. "나는 음악을 잘 이해하기 시작한 거야.” 구태여 그녀의 베네치아 혈통을 들먹거리지 않더라도 말이다.

이윽고 그녀는 자기 남편에 대해 불평을 했다. 그는 도박에 빠져 있었다. 그래서 그녀가 수중에 가진 것을 몽땅 다 날려버렸다. 그 밖에 또다른 불만도 있었다. 상당히 뜻밖의 불만이었다. 그녀는 남편이 레지스탕스에 가담했다고 비난했다.

나도 레지스탕스에 가담했었는데 뭐, 하고 말했어야 하는 것인데 그는 감히 그 말을 하지 못했다.

너무나 상반된 견해 때문에 두 사람 사이에 건너뛸 수 없는 수렁이 생길 수도 있는 것일까? 어쩌면 언젠가는 그렇게 될지도 모른다.

그는 자기 자신의 불행, 이제 막 자신과 헤어지려고 하는 참인 아내와의 불화 문제에 대해 설명하는 쪽을 택했다.

그것이 그녀가 이제 막 말한, 그리고 그다음에 이어서 말하고자 하는 것과 무슨 관계가 있는 것도 아닌데, 그녀는 자기 자신에게까지도 풀 수 없는 수수께끼로 남아 있는 어떤 과거에 대한 생각 속으로 깊이 빠져드는 것 같았다. 그러고는 이렇게 말하는 것이었다.

“무슨 까닭인지 모르겠지만 나는 결혼식 날 많이 울었어.”

그는 피우던 담배를 껐다. 카페의 긴 의자에서 그들은 서로에게 다가가 더 바싹 몸을 붙이고 앉았다. 그녀가 고개를 기울이더니 그의 어깨에 살며시 머리를 기댔다.

그들 두 사람은 분명히 깨달을 수 있었다. 지금 막 사랑에 빠져버린 것이었다.

"너무 행복해!" 그녀가 그 새롭고 기이한 목소리로 말했다.

"우린 참 운도 없었지, 둘이서 아주 잘될 수도 있었는데!" 그가 말했다.

그 첫날 저녁, 그는 망설임도 없이 그녀를 이탈리아 광장 옆에 있는 자신의 좁은 원룸으로 데리고 갔다. 주택난 속에서 그가 찾아낼 수 있는 것이라곤 그곳이 전부였다.

그는 그녀가 입고 있는 속옷을 보고 놀랐다. 크림색 실크로 지은 이상한 모양의 속옷들이었다. 아마도 흔히 '세트'라고 부르는 것인 듯했다.

그는 그들이 젊었을 때부터, 이니 어쩌면 유치원에 다닐 때부터 꿈에 그려왔던 그녀의 몸을 탐험했다. 그렇지만 아니지, 유치원에 다닐 때부터라고까진 말할 수 없지.

너무나 짙은 갈색이어서 까무잡잡해 보이는 그 피부의 냄새.

다음날 아침 그는 그녀를 동東역까지 배웅했다.

그는 광적인 사랑에 빠졌다. 젊은 시절의 일들이 기억났다. 그는 온갖 굴욕을 당할 만큼 당해왔다. 부모님의 파산, 파브리스와 장의 거만한 태도, 싸늘하고 건방진 표정으로 그를 버리고 떠나던 리종. 그렇게 불행만 맛보았던 그 도시를 무엇 때문에 그토록 그리워했던가. 그러나 그 도시에서 가장 아름다웠고, 가장 큰 선망의 대상이었으며, 가장 많은 이들이 가장 탐내던 여자애가 이제 그의 것이 되어 있었다.

그런데 그다음에―어이구 멍청이! 그때 생각을 할 때마다 그는 언제나 어이구 멍청이! 하고 토를 달았다―그는 아내에게 편지를 썼다. 편지에서 그는 아내에게, 만사가 잘 해결되었다, 나는 영영 못 볼 줄 알았던 젊은 시절의 애인을 다시 찾았으니 당신도 그 남자친구를 따라가도 좋다고 했다. 그렇다, 만사가 다 잘 해결되었다.

그의 아내는 다음날 아침 첫 기차로 집에 돌아왔다. 마치 그 편지가 무슨 병의 발작을 불러일으키기라도 한 것만 같았다. 그녀는 침대에 가서 누웠다. 전에는 오히려 통통한 편이었던 그녀가 눈에 띄게 수척해 보였다. 그녀의 남자친구는 무척 화가 나 있었다. 일이 어떻게 돌아갈지 아무도 알 수 없었다.

이제 그토록 멀리 빈에 있는 저쪽 여자가 그에게 편지를 보냈다. 물론 신문사 주소로.

그녀의 필체는 억지로 그린 것처럼 이상하게 뒤틀린 야릇한 것이었다. 편지는 언제나 "난 오직 당신 생각뿐이야"라는 말로 끝맺고 있었다.

이리하여 드문 방문, 쏜살같은 시간, 아내가 상대방 여자에 대해 욕지거리를 퍼붓는 부부싸움들로 점철된 지루한 기간이 시작되었다.

터무니없는 실수였지만, 그는 아내가 코앞에 있을 때 자기 주머니에서 지하철 일등 티켓 몇 장을 꺼내고 말았다. 그러니까, 마누라는 승객들이 꽉 들어차서 악취가 풀풀 나는 이등칸이면 충분하고 당신은 그 잡년과 편안하게 일등칸에 타고 다녔다, 이 말이지!

그는 열애라는 게 어떤 것인지를 알게 되었다. 밤에도 신경이 예민해져 정신이 말똥말똥하니 잠이 오지 않았다. 어떤 일이 있어도 밤에 잠이 오지 않는 법은 없었던 그가 사랑 때문에 그만 잠 못 이루게 된 것이었다.

동역에 도착한 그녀는 뤼 라파예트에 있는 어떤 호텔에 들었다. 그는 바로 그 호텔방으로 찾아가 그녀를 만나곤 했다. 단 한 번 그녀는 다른 곳, 즉 그랑 불바르에서 더 가까운 뤼 몽마르트르에 있는 호텔에 묵었다.

그녀는 스키를 타다가 한쪽 다리에 골절상을 입은 탓에 깁스를 한 채 목발을 짚고 나타났다. 그러나 그것 때문에 그들 두 사람이 사랑을 나누지 못한 것은 아니었다.

그들은 지난날 피레네 지방에 살 때 일요일이면 '클럽'의 사내애들과 계집애들이 자주 산에 가서 지내곤 했었는데도 어째서 그들 두 사람은 한 번도 스키를 함께 탄 적이 없었는지 알 수가 없었다.

그는 여자에게 자기 동료들을 인사시켜주었다. 유명한 작가이기도 한 신문사 편집국장이 그들을 식사에 초대했다. 그녀의 피부가 까무잡잡했기 때문에 그 사람은 새로 맞이하게 된 그녀를 "너의 예쁜 자두"라고 불렀다. 그는 사랑이 무엇인지 아는 사람이어서 그에게 이렇게 말했다. "네가 원하는 여자하고 같이 오라고." 이 사람 좋은 사내는 그가 아주 복잡하게 꼬인 상황 속으로 처박혀 들어가고 있다는 걸 이해하고 있는지라 그를 어떻게든 도와주려고 애를 썼다. 마치 자신도 그의 고민의 일부를 떠맡아주는 것처럼 굴었다.

그녀는 오페라하우스에 대한 것을 제외하고는 빈에서의 생활에 대해 별다른 이야기를 해주지 않았다.

그들이 코미디프랑세즈 극장 맞은편에 있는 루브르 호텔 앞을 지나고 있을 때 그녀가 툭 던지듯 말했다. "내가 태어난 곳이 바로 이 호텔이야." 파리의 큰 호텔방에서 처음 이 세상에 나왔다는 그 기이한 사건에 대해 그녀는 더이상의 설명을 하지 않았다.

그녀는 영화 〈천국의 아이들〉을 한 번도 본 적이 없었다. 그래서 그는 바스티유 광장에 있는 어떤 영화관으로 그녀를 데리고 갔다. 프레베르와 카르네의 영화를 재상영하는 곳이었다.

세월이 지나면서 그는 바스티유 쪽을 다시 지날 때면 그때 이후 폐관되어 없어진 그 영화관과 〈천국의 아이들〉, 그날 오후를 어김없이 생각하게 되었다.

그녀가 파리에 찾아올 때마다 그들은 언젠가 가까운 장래에 함께 살자고 서로 약속을 했다. 그는 자신의 아내와 헤어지겠다 했고 그녀는 남편과 갈라서겠다 했다. 그런 약속들은 해로운 것이어서 그들의 사랑을 좀먹었다.

그렇게 몇 년의 세월이 흘렀다.

그는 그녀와 함께 신문사 건물의 8층 꼭대기에 있는 조그만 바에까지 올라갔다. 테라스에 면한 바였다. 그리고 그는 거기서 자기에게 이제 곧 아이가 생길 예정이라고 그녀에게 털어놓았다. 그녀는 다만 이렇게만 말했다. "이해해."

한번은, 드문 일이긴 하지만, 그녀가 빈에 살 때 있었던 어떤 일을 이야기했다. 그녀는 친구들(혹은 어느 한 친구)과 함께 야외로 산책을 나간 적이 있었다. 그들은 소련이 점령하고 있는 지역으로 내처 걸어들어가게 되었다. 그랬다가 그만 체포되어 여러 시간 동안 무슨 감방 같은 곳에 갇혀 있었다. 그녀는 몹시 겁을 먹었지만 동시에 재미있다는 생각도 들었다.

그는 동생이 빈에 살고 있다는 어떤 영화인이 그녀 이야기를 하는 것을 우연히 듣게 되었다. 그의 동생 이야기는 유명했다. 그는 자동차 차체용 광택제를 바른 브러시를 발명하여 큰돈을 벌어들이고 있었다. 너도 나도 앞을 다투어 자신의 자동차에 그 브러시를 하나씩 비치해두려고 했던 것이다.

그렇지만 빈에 사는 그 영화인의 동생과 그가 발명한 브러시가 파리에까지 알려졌다고 하더라도 어떻게 그녀의 이름이 파리의 영화계에까지 전해질 수 있었던 것일까?

그녀의 방문은 점차 뜸해졌다. 이상한 글씨체에다가 "난 오직 당신 생각뿐이야"로 끝맺는 그녀의 편지 또한 마찬가지였다.

때로 그녀는 진짜로 자취를 감추어버린 것만 같았다. 그러다가 다시 모습을 드러냈다.

그녀는 더이상 뤼 라파예트에 있는 자신의 호텔방으로 그를 데리고 올라가주지 않았다. 그들의 만남은 카페에서 이루어졌다.

대개의 경우 그가 먼저 도착했다. 그는 그녀가 문을 밀고 다가오는 순간을 기다렸다. 언제나 사뿐사뿐한 그 걸음걸이 때문이었다. 그다음에 기다려지는 것은 목소리일 터였다. 다시 말해서 그녀의 새로운 목소리 말이다. 그는 사고가 나기 전의 목소리에 대한 기억을 간직하고 있으니까.

그는 (마침내) 아내와 헤어지고 곧 회사 동료인 다른 여자와 살게 될 거라고 그녀에게 말했다. 이번에도 그녀는 말했다. "이해해."

오래된 약속이 드디어 실현된 셈이지만 상대는 다른 여자였다. 그는 마치 이제부터 자신이 하려는 말이 해도 괜찮은 말일지 자문해보기라도 하듯 좀 망설였지만 결국 더이상 참을 수가 없었다. 그리고 그것은 더할 수 없이 솔직한 표현이었다.

"나는 어느 누구도 너만큼 사랑해본 적이 없어."

그녀의 남편이 빈을 떠나게 되었다. 오스트리아 점령이 종료된 것이었다. 그녀는 남편을 따라왔다. 그들은 파리에서 동쪽으로 30여 킬로미터 거리에 있는 널찍한 교외지역에 자리를 잡았다. 그녀의 남편은 자동차와 관련된 어떤 사업을 하는 것 같았다.

그들은 자주 볼 기회가 없었다. 그녀가 더러 그에게 전화를 하기도 했지만 그 간격은 종잡을 수 없었다. 그는 여전히 기자로 일하며 라디오방송도 하고 시나리오도 쓰고 해서 다소 이름이 알려지기 시작했다. 그래서 그의 짐작으로는 그녀가 신문에서 그의 이름을 읽게 되면 그에게 전화를 걸곤 하는 것 같았다.

그는 심지어 책을 몇 권 쓰기도 했지만 그녀가 그 책들을 읽었다거나 그 책들에 대해 언급했던 기억은 없었다. 물론 자신이 그 책들을 그녀에게 주었던 기억도 없었다. 후에, 그는 어떤 소설 속에서, 그녀가 뚱보 레옹과 결혼하고 나서 그들 둘이 관계를 가지기도 하고 그녀가 어떤 제삼의 남자와 스페인으로 도망가버리기도 하는 장면을 상상해서 그려넣게 될 것이었다.

그들의 만남은 점점 더 뜸해졌다. 그가 트로카데로 광장에 있는 어떤 카페에서 이제 막 그녀를 만나게 되자, 그녀는 그에게 말했다. "인사 키스 안 해?" 그는 몸을 기울이고 자신의 입술을 그녀의 입술 위에 갖다댔다. "그렇게 해달라는 뜻은 아니었는데."

그녀는 매주 파리에 왔지만 그를 만나려고 오는 것이 아니었다. 소그룹의 부인네들과 브리지 게임을 하러 오는 것이었다. 그녀는 그 모임에 전직 장관 부인도 있다고 했다. 그에게 으스대려고 그랬던 것일까? 으스댈 게 따로 있지, 하고 그는 생각했다.

한번은 신문 하나가 그녀의 가방에서 비죽 나와 있었다. 극우

성향의 주간신문이었다. 그는 그들 사이에 있었던 일로 기억나는 것은 하나도 빠뜨리지 않고 시시콜콜 기록해두는 것을 원칙으로 삼고 있었기에 그 이야기도 함께 적어넣을 수밖에 없었다. 그렇다면 한 가지 문제가 제기된다. 질이 좋지 못한 종이에 인쇄된 단순한 신문 이름 하나가 그토록 오랜 세월에 걸친 사랑의 역사를 지워서 백지화하고 모든 흥미를 제거해버리기에 충분하단 말인가?

그의 개인 생활은 뒤죽박죽이 되어갔다. 문단에 데뷔해보려는 뜻을 가진, 여러 해 전부터 알고 지낸 어떤 여기자가 『광인의 행진』이란 제목의 소설에서 그의 이야기를 소재로 삼았다. 그는 매우 감사한 마음이었을 뿐 기분이 상하지는 않았다. 무슨 권리로 기분이 상한단 말인가? 마음속 깊은 곳에서 그는 몇 번이나 이렇게 되뇌곤 했다. "설상가상이로군."

그녀가 그에게 전화를 걸지 않은 지 오래되었다. 그는 그녀의 목소리라는 걸 알아재고는 깜짝 놀랐다. 그녀가 그에게 알려주었다. "저기 있지, 장이 죽었어."

청소년 시절 파브리스의 절친이었던 장, 그녀의 언니의 애인이었던 장, 영화배우가 되고 싶어했지만 정작 경력은 어느 토목 회사에서 쌓았던 그 미남 청년. 그는 장이 그녀에게는 그들의 젊은 날의 상징이었다는 것을 깨달았다.

그녀가 그에게 전화를 건 것은 그것이 마지막이었다.

어느 12월 24일, 날이 저물어가는 시간, 어느 지하철 플랫폼에서 그는 그녀가 혼자 뛰어가는 것을 보았다. 아마도 램프갓인 듯 부피가 크지만 가벼워 보이는 어떤 꾸러미를 들고 있었다. 그녀는 종종걸음으로 계단을 올라가더니 사라졌다. 필시 크리스마스의 마지막 쇼핑인 것 같았다. 너무나 뜻밖의 일이라 그는 한 걸음도 앞으로 나설 수가 없었다.

그녀의 그 마지막 출현에 너무나도 깊은 인상을 받은 나머지 그는 자신의 책에서 같은 내용을 되풀이하고 있다는 사실을 깨닫지도 못한 채 몇 번이나 그 이야기를 써먹었다. 게다가 그는 자신의 책에서 그것을 적당히, 다시 말해서 때로는 그녀를 다른 여자들과 섞어서, 그러나 결코 그녀와 거리가 그리 멀지 않은 방식으로 써먹었다.

사실상 그다지 빈번했다고는 할 수 없지만, 그는 그들이 어린 시절을 보냈던 그 도시로 이따금 다시 찾아갈 기회가 있었다. 그는 어린 날의 학교에 다시 가보고 싶었다. 그는 커다란 교회 옆에 있는 그 학교를 쉽게 다시 찾아냈다. 정문은 꽤 많이 상했지만 대문 위에 새겨진 학교의 이름을 읽을 수 있었다. 그는 학교의 담을 따라 빙 돌아가보았다.

학교의 뒤쪽에는 아무것도 없었다. 그냥 공터였다.

그후 그는 빈으로 현장 취재를 가게 되었다. 그녀가 그곳에 살고 있을 때 그는 얼마나 애태우며 그곳을 마음속에 그려보았던가! 그는 오페라하우스 주변을 한 바퀴 돌아보았다. 그녀는 벌써 오래전에 오스트리아를 떠났지만 그는 링 대로를 지나다가 그녀와 마주치게 될 것만 같은 생각을 지울 수가 없었다. 그런 생각에 몰두하다가 그만 푸른 도나우를 보러 가는 것도 잊어버리고 말았다.

그리고 또 그후, 부에노스아이레스에서 그는 도시 한복판에 위치한 그 놀라운 레콜레타 묘지를 방문하게 되었다. 하나하나의 무덤이 하나의 작은 성당이었고 그 문들의 유리창을 통해서 층층이 쌓인 관들을 볼 수 있었다. 문득 어느 오솔길에 접어들자 흰색과 회색의 대리석 파사드, 주물로 뜬 철책이 달린 두 개의 창문, 레콜레타 묘지에서는 드물게 유리가 없는 문 위의 커다란 십자가, 그리고 정면 합각에 그녀의 성, 그러니까 그녀 가문의 성이 새겨진 것이 보였다.

빈, 부에노스아이레스, 그건 마치 우연이 그의 앞에 흘러간 과거의 이야기를 불쑥불쑥 암시해 보이면서 장난을 치는 것만 같았다.

그는 늙어갈수록 더욱더, 그녀가 아직 살아 있는지, 그들 두 사람 중 누가 먼저 세상을 뜨게 될지 알고 싶었다.

또다른 의문이 그의 머리를 스치는 때도 가끔 있었다. 그들은 정말로 뜨거운 사랑을, 엇갈린 일이 많았기에 더욱 귀중한 뜨거운 사랑을 했던 것일까? 아니면 그들은 턱도 없는 환상을 보았던 것일까?

그는 이제 우리가 애정의 측면에서 맛보는 인생의 실패는 사람의 일생이 너무 길어졌기 때문에 생긴 결과라고 생각하게 되었다.

이따금 그는 컴퓨터를 켜고 '전화번호부' 사이트를 열어보곤 했다. 교외지역에 위치한 그녀의 주소, 아니 적어도 그녀의 남편의 주소는 여전히 모니터에 떴다. 그러다가 어느 날 문득 컴퓨터가, 입력한 성에 대한 정보를 찾을 수 없다고 응답했다.

긴 붕괴의 과정을 바라보는
고요한 시선

여름휴가 여행을 떠나면서 8월에 넘긴 단편소설집『짧은 이야기 긴 사연』의 번역원고 최종 교정지가 몇 달 만에 역자의 손으로 넘어왔다. 눈 밝은 교정 담당자가 여백을 까맣게 메워놓은, 미흡하거나 의문시되는 곳을 며칠 동안 수정, 정리, 보완하여 출판사로 돌려보내기 전에 여전히 마음에 걸리는 곳이 있어 작가 로제 그르니에 씨에게 이메일을 보냈다.

"로제. 안녕하세요. 오랫동안 소식 듣지 못했어요. 단편집의 번역 출판 직전인데 불확실한 대목이 있어요. 79쪽, 모로코 작은 마을의 '킬로미터 120'이라는 표현이 있는데 무엇을 의미하죠? 마을 이름인가요?

알베르 카뮈 탄생 100주년이라고 엑상프로방스 시와 시립도
서관에서 12월 14일에 개회하는 토론회에 저를 초청했어요. 최
종 일정이 확정되기를 기다리는 중이지만 아마도 나와 아내는
엑스 행사를 마치고 16일경 파리에 돌아와 19일까지 머물 예정
이에요. 그때 잠깐이라도 두 분을 만났으면 기쁘겠어요. 화영."

메일을 보낸 뒤 저녁 음악회에서 첼로 연주를 듣고 돌아오니
벌써 답이 와 있었다. 언제나 그렇듯 꼭 필요한 말뿐, 단순 간결
함 그 자체다. 파리는 아마도 아침 시간인 것 같았다.

"친애하는 화영, '킬로미터 120'은 어떤 장소를 가리키는 거
예요. 그 장소는 그것뿐 다른 이름이 없어요. 매 킬로미터마다
거쳐 지나온 만큼의 거리가 길가의 경계표에 표시되어 있는 거
죠. 당신들이 프랑스에 온다면 17, 18일에 만났으면 기쁘겠어
요. 그 두 날을 비워두겠어요. 로제와 니콜이 우정의 인사를 보
내며."

내가 알베르 카뮈를 읽고 연구하고 번역하는 길 위에서 마주

친 사람들. 장 그르니에, 프랑신 카뮈, 엠마뉘엘 로블레스, 로제 키요, 레몽 장, 자클린 레비 발랑시…… 이분들은 모두가 다 어느새 저세상으로 떠나고 없다. 이제 남은 이는 소설가 로제 그르니에뿐이다.

메일을 가만히 들여다보면서 파리의 아침 시간, 뤼 세바스티앵보탱, 아니 재작년부터 뤼 갈리마르로 이름이 바뀐 그 조용한 거리 갈리마르 출판사 3층, 미로와 같은 복도의 어느 한끝, 작고 아늑한 그의 방을 머리에 떠올린다. 정원 쪽으로 난 창이 큰 나뭇가지들에 가려 다소 어둑한 방. 베이지색 갓을 씌운 탁상등만이 텅 빈 책상을 비추고 있고 그 앞에 놓인 노트북과 메모지. 출입문 옆 벽 앞에는 작고 아담한 책장 하나. 다소 등이 굽은 로제의 옆모습. 그 밖에는 아무것도 없다. 꼭 수도승의 헐벗은 방 같다. 벌써 수십 년간 변함없는 그의 일상을 비추는 그 고요하고 적막한 풍경은 로제 그르니에의 글만큼이나 군더더기 하나 없이 소박 간결하다.

1919년생이니 그는 올해로 94세다. 발아래로 내려다보면 현기증이 날 정도로 가물가물 깊어지는 심연의 시간 위에 발 딛고 있는 나이가 아닌가. 그런 노령에 그는 아직도 매일같이 집에서

도보로 십여 분이면 도착하는 갈라마르 출판사의 개인 사무실로 출근한다. 그뿐이 아니다. 수많은 인터뷰, 서문, 추천사 등의 글쓰기와 국내외 강연 외에도 그는 일이 년에 한 권꼴로 자신의 저서를 내놓는다. 때로는 자전적인 에세이, 때로는 단편집이나 희곡, 때로는 평론과 에세이. 그리고 여름과 겨울 휴가철이 되면 베네치아의 집으로 가서 또 글을 읽고 쓴다. 그리고 내가 찾아가면 자신의 집 살롱에서, 혹은 갈리마르 출판사 옆 카페에 앉아 들려주는 이야기가 끝도 없다. 식사를 같이할 때면 아페리티프로 위스키도 한 잔, 식사중에는 포도주도 한 잔! 간혹 뤼 뒤 바크에 있는 그의 아파트 살롱에서 길 건너편 집 창문에 우연히 커튼이 다 열려 있는 저녁엔 그 집 창문 저 너머로 멀리 불 켜진 에펠탑이 보인다면서 즐거워하기도 한다.

나는 그가 1975년도 아카데미 프랑세즈 단편소설 대상을 수상한 『물거울』(문학동네)을 처음으로 우리 독자들에게 번역 소개한 이후 『율리시즈의 눈물』(현대문학), 『이별 잦은 시절』(현대문학) 등을 소개했고 다른 역자에 의해 장편 『파르티타』(아테네)가 번역되어 있으므로 이제 새삼스럽게 로제 그르니에가 어떤 작가인가를 장황하게 설명할 필요는 없을 것이다. 1972년 소설 『시네로망』으로 페미나상, 1985년 그의 전 작품에 대하여 수여한 아카데미 프랑세즈 문학 대상, 1987년 카뮈 연구자들이라면 결코 비켜갈 수 없는 『알베르 카뮈, 태양과 그늘, 지적 전기』로 알베르 카뮈상 등 수많은 문학상을 수상했다는 이야기도 이미 다른 곳에서 했다.

그러나 여기서 다시 한번 더 강조해둘 필요를 느끼는 것은 그가 오늘날 프랑스에서 지극히 찾아보기 어려운 대표적 단편소설 작가라는 사실이다. 올해에는 캐나다의 단편소설 작가 먼로가 노벨문학상을 수상하여 유별난 인상을 남기면서 문득 이 소외된 장르가 새삼스럽게 시선을 끌게 되었다. 로제 그르니에는 수많은 장편소설, 에세이들 외에 『침묵』(1961)을 시작으로 『축제 광장의 집』(1972), 『물거울』(1975), 『편집실』(1977), 『가족 분위기』(1979), 『프라고나르의 약혼녀』(1982), 『터키 행진곡』(1993), 『그 시질 그 사람』(1997), 『당신이 쓰면 좋을 단편소설』(2003)을 거쳐 이번에 선보이는 『짧은 이야기 긴 사연』(2012)에 이르기까지 십여 권의 단편소설집을 발표했다. 오랫동안 단편소설이 주류를 이루어온 우리나라 소설계에 비추어본다면 그다지 새로울 것이 없어 보이겠지만 프랑스에서 로제 그르니에는 그런 점에서 매우 예외적인 작가라고 할 수 있다.

과연 지난 2011년에 발표한 에세이『책의 궁전』에서 그는「치과병원에서 반 시간」이라는 제목으로 단편소설에 대한 소상하면서도 흥미로운 이야기를 들려주고 있다.

"나는 탁월한 사회학자 조르주 프리드만에 대하여 대단한 존경과 우정을 느낀다. 하지만 우리가 거리나 버스 안이나 식당에 함께 있다가 어떤 기이한 일이 생기거나 색다른 인물이 보이기만 하면 그는 꼭 이런 말을 내뱉고야 만다. '이건 당신이 꼭 써야 할 단편소설이네요!' 이런 것이 바로 단편소설 작가라는 딱지가 붙어다니는 불행한 사람에게 찾아오는 저주다. 이럴 때면 나는 속으로 이렇게 맹세한다. 이 사람이 저 소릴 한 번만 더 하면 난 다시는 단편소설은 쓰지 않겠어. 그런데 시간이 지나고 보니 나는 결국 그 조르주 프리드만의 죄 없는 버릇에 대해 단편소설 한 편을 쓰고 만 것이다.

내가 젊었을 때 시선을 확 잡아끄는 책이 한 권 있었다. 헤밍웨이의 첫 단편들을 모은 책『첫 마흔아홉 편의 단편』(1938)이 그것이었다. 단편소설을 마흔아홉 편이나 쓴 친구가 있다니! 나는 절대로 그렇게까지 많이 쓸 수는 없을 것 같았다. 그런데 지금까지 나는 백 편이 넘는 단편소설을 쓴 것이다. 하지만 피란델로의 이백서른일곱 편에 대면 아무것도 아니다. 육백마흔아홉 편이나 쓴 체호프는 말할 것도 없고! 하지만 체호프와 피란델로는 단편보다는 희곡작품들로 더 유명하다. 이 부당한 일면은 좀 자세한 분석을 요한다. 단편이 장편과 구분되기 시작한 것은 19세기에 와서다. 콩트와의 차이는 여전히 모호한 상태이긴 하지만. 현대적인 의미에서 단편의 운명은 경제적 조건과 관련이 있는 것 같다. 내가 관찰해본 바에 의하면 이 장르는 작가들을 먹여살리는 신문 잡지가 발행되던 어떤 특정된 나라, 어떤 특정된 시기에 비약적으로 급성장하게 된 것 같다. 모파상의 프랑스, 체호프의 러시아, 포크너, 헤밍웨이, 스콧 피츠제럴드의 미국이 그 좋은 예다. 오늘날 프랑스에서 어디 한번 단편소설을 써보라. 그러면 그게 아무짝에도 쓸데가 없다는 것을 금방 깨닫게 될 것이다. 신진작가가 단편소설 한 권 분량의 원고를 써가지고 출판사를 찾아간다면 그에게는 필경 이런 대답이 돌아올 것이다. '재능이 없어 보이진 않아요. 하지만 우선 장편소설 원고부터 가지고 오면 안 될까요?'"

다행스럽게도 로제 그르니에는 "아무짝에도 쓸데가 없다"는 단편들을 꾸준히 쓰고 또한 프랑스 최고의 출판사 갈리마르에서 연이어 발표할 수 있는 행운도 입고 있다. 단지 그가 이 출판사의 편집위원이어서 그런 것은 아닐 터이다. 그에게 늘 따라다니는 '프랑스의 체호프'라는 별명은 그의 단편들이 프랑스 독자들에게 얼마나 꾸준한 사랑을 받고 있는지를 말해준다.

친구, 남녀, 부부, 사제, 자매 사이에 그려지는 우정과 애정의 삼각관계가 삶의 시간 속에서 미묘하게 그 자리바꿈을 하는 과정에서 생겨나는 기쁨과 가책과 질투와 허망함, 인생의 황혼기에 이르러 지나온 삶을 반성하고 자신에게 사형선고를 내린 노인의 써늘한 자살시도와 그 딱한 실패, 첼로 상자를 등에 메고 사랑을 찾아 홍등가를 헤매는 첼리스트, 세상과 삶을 일종의 동물원으로 간주하고 바라보는 시선의 매서움에 발목잡힌 서점 점원, 연인 같은 강아지와 강아지 같은 아내, 베스트셀러 작가의 소설 광고판을 등에 지고 진종일 도시의 거리를 돌아다니는 시인 샌드위치맨과 그를 바라보는 옛 동료의 거울과도 같은 시선, 파란 많은 인생행로의 끝에 이르러 유랑극단의 단역배우가 되어 뜨개질에 열중하는 여배우, 누가 누구를 간호하는 것인지 알 수

없는 노인 요양병원의 치매환자 부부, 죽은 자가 관 속에서 돌아
누울 정도로 한없이 수다스러운 여인의 넋두리, 직장에서 함께
지낸 공동의 추억들이 끊임없이 서로 어긋나는 두 늙은 은퇴자,
그리고 무엇보다도 같은 동네 유치원 시절에 처음 만나 인생이
저물어가는 날까지 삶의 행로가 서로 마주치고 갈라지기를 반복
하는 두 남녀의, 그리 기쁠 것도 그리 슬플 것도 없이 빛만 바래
가는 일생. 그때마다 여주인공은 대답한다. "이해해."
　여기서 우리는 문득 로제 그르니에가 지난날 자신의 장편소설
『시네로망』의 첫 페이지에 제사로 인용한 스콧 피츠제럴드의 말
을 생각하게 된다. "물론 삶이란 어떤 것이든 붕괴의 한 과정에
불과하다." 이처럼 이번 단편집에 실린 열세 편의 단편들은 남달
리 긴 인생행로를 거쳐온 작가가 저만큼 거리를 두고 '붕괴되어
가는' 삶을 향해서 던지는 때로는 매섭고 때로는 유머러스하며
또 때로는 연민 가득한, 그러나 언제나 투명한 시선을 보여준다.
그러나 그의 단편소설에서 삶의 '붕괴'는 너무나도 긴 세월에 걸
친 점진적인 과정이어서 인물들은 가끔 그것이 사랑이라고, 행
복이라고 착각을 일으키기도 한다. 그러나 마지막 페이지에 이
르면, 거기 세월에 바래고 삭아버린 삶 전체를 굽어보는 작가의
차디찬 시선이 나직하게 위로하듯 절망을 말해준다. 특히 표제

작인 마지막 단편 「짧은 이야기 긴 사연」의 결론은 아마도 94세의 현역 작가 로제 그르니에가 독자들에게 인생과 사랑에 대하여 건네는 쓸쓸하면서도 그리 슬플 것도 없이 담담한 소회일지도 모른다. "그는 이제 우리가 애정의 측면에서 맛보는 인생의 실패는 사람의 일생이 너무 길어졌기 때문에 생긴 결과라고 생각하게 되었다."

그러나 우리가 이 소설집 속에서 참으로 귀를 기울여야 할 것은 실제로 일어난 사건의 내용이나 우여곡절보다는 지극히 말을 아끼는 작가의 문장과 문장 사이의, 저 엄청난 동력을 가진, 긍정도 부정도 아닌 '침묵'의 소리일 것이다.

김화영

지은이 **로제 그르니에**

1919년 프랑스 캉 출생. 알베르 카뮈의 추천으로 〈콩바〉지에서 기자 생활을 시작했다. 『시네로망』(1972)과 『물거울』(1975)로 각각 페미나상과 아카데미 프랑세즈 단편소설 대상을 수상했고, 1985년 그의 전 작품에 대하여 아카데미 프랑세즈 문학 대상이 수여됐다. 1964년부터 지금까지 갈리마르 출판사의 편집위원으로 일하며, 현재까지도 왕성하게 작품활동을 하고 있다.

옮긴이 **김화영**

프랑스 엑상프로방스 대학교에서 알베르 카뮈론으로 문학박사 학위를 받은 후 30여 년 동안 고려대학교 불문과 교수로 재직하면서 개성적인 글쓰기와 유려한 번역, 어느 유파에도 구속되지 않는 자유로운 활동으로 우리 문학계와 지성계에서 독특한 위치를 점했다. 현재 고려대학교 명예교수로 있다. 『바람을 담는 집』『시간의 파도로 지은 성城』『김화영의 알제리 기행』『어린왕자를 찾아서』『소설의 숲에서 길을 묻다』『행복의 충격』『여름의 묘약』 등 10여 권의 저서와, 알베르 카뮈 전집(전 20권), 『섬』『걷기예찬』『어린 왕자』『마담 보바리』『어두운 상점들의 거리』 등 90여 권의 번역서가 있다.

문학동네 세계문학
짧은 이야기 긴 사연

초판인쇄 2013년 12월 6일 | 초판발행 2013년 12월 16일

지은이 로제 그르니에 | 옮긴이 김화영 | 펴낸이 강병선
책임편집 김미혜 | 편집 김이선 염현숙
디자인 고은이 이원경 | 저작권 한문숙 박혜연 김지영
마케팅 정민호 박보람 양서연 | 온라인마케팅 김희숙 김상만 이원주 한수진
제작 강신은 김동욱 임현식 | 제작처 한영문화사(인쇄) 경일제책사(제본)

펴낸곳 (주)문학동네
출판등록 1993년 10월 22일 제406-2003-000045호
주소 413-120 경기도 파주시 회동길 210
전자우편 editor@munhak.com | 대표전화 031) 955-8888 | 팩스 031) 955-8855
문의전화 031) 955-3576(마케팅) 031) 955-8868(편집)
문학동네카페 http://cafe.naver.com/mhdn | 트위터 @munhakdongne

ISBN 978-89-546-2345-2 03860

www.munhak.com